星へ行く船シリーズ 4

A Ship to the Stars series

逆恨みのネメシス

★★★★

新井素子

Motoko Arai

出版芸術社

目次

装画　大槻香奈
装幀　名和田耕平デザイン事務所

逆恨みのネメシス

PART I

麻子パニック

はあああああ。

誰に聞かせるともなく、心の底から、あたしはその日、四十九回目の深い深いため息をついた。

「二十六回目」

と、先刻《さっき》っからあたしのため息が耳障《みみざわ》りでしょうがなかったらしい中谷《なかたに》君が、あたしのうしろを通りすぎざま、強い口調でこう言う。

「今日はじまってから、もう、二十六回目のため息だぜ、それ……。何とかしてくれよ、あゆみ。事務所のムードを、おまえまでが暗くしなくたって、いいじゃないか」

「四十九回目」

あたし、本当言って、返事をするのもうっとうしかったんだけど、あたしの個人的な事情で、暗い事務所を更にまっ暗にしてしまうのも申し訳なく、一応、こう言う。それから、いくら何でもこれだけじゃあんまりだっていうことに気づき、慌ててつけたす。

「事務所に来てからは二十六回目のため息だけど、今朝から数えて、四十九回目のため息なの、あれ」

「今朝から数えてって……まだ午前の九時半だぞ、九時半！　おまえ、起きんのどうせ七時頃だろ？　二時間半で四十九回ため息ついてんの？」

「今朝起きたの、七時四十五分。故に、一時間四十五分で四十九回。……はあああ」

「で、五十回目、か」

中谷君、心底うんざりって声を出す。それから、中谷君自身もため息一つついて、のたのたポットに近づき、右手にもっていた急須の中に、いい加減ぬるくなっているであろうお湯をつぎたす。

「熊《くま》さん、お茶、飲みます？」

「ああ、悪いね広明《ひろあき》君。でも……そのお茶っ葉、昨日から替えてないんじゃないか？」

「立派な出がらしです。……も、色もつきゃしない」

「なら……お手数かけて申し訳ないんだが……できれば、せめて、色がついているお茶を飲みたい……」

「……どうやって、です？」

「……問題だね。お茶っ葉、買いに行くか」

「目の前に封を切っていない新品があるのに？」

「……問題だね……」

でもって、目と目を見交わした中谷君と熊さん、肩をすくめあい、お互い手近な椅子の中に、沈みこむようにして腰をおろす。

「あああ……コーヒーが飲みたいっ！」

と。事務所のすみのソファの中で、今朝九時から——ということは、事務所があいてからずっと——死んでいた太一郎《たいちろう》さんが、本日三回目の発作《ほっさ》をおこす。

「コーヒーが飲みたいっ！　コーヒーっ！　俺は立派なニコチン中毒でカフェイン中毒なんだぞっ！　このままコーヒーが飲めなかったら、今度はアル中になってやるっ！」

そして。

あたしをのぞいた全員の目は、デスクの前でひたすらちぢこまっている、こんな問題を起こした張本人、水沢《みずさわ》所長にそそがれた。

「……所長」

で、まず、例によって例の如く、所長よりも年長者の熊さんが口を開く。

「言いたくはないが……私は、もう、限界ですよ。折れてやってくれませんか？」

「うー……」

所長、熊さんと視線をあわせないようにして、うめく。

そして、次、中谷君。

「俺は麻子《あさこ》さんの味方です。どう考えたって所長が悪い」

「うー……」

所長、中谷君からも目をそらして、うめく。

「水沢さん。大体あんたっていう人間は、ちょっとおかしいんだ。そこんとこ、認識すべきじゃないのか?」

でもって、三番手。太一郎さんがこう言って、所長をにらむ。

「うー……」

太一郎さんからも視線をそらした所長、いつもだったら四番手で、『もうこんな劣悪《れつあく》な労働環境、嫌《いや》だっ!』って叫ぶ筈のあたしの方に、ちらっと視線をおくる。

でも。今日のあたしは、正直言って、そんなことを叫ぶだけの体力も精神力も、残ってないの。故に、今日のあたしは、いつものあたしと、台詞《せりふ》の内容を多少変えなければならなかった。すなわち。『もうこんな劣悪な労働環境、嫌だっ!』って叫ぶかわりに、深い、深い、五十一回目のため息をついてしまったのだ——。

★

えー、はなはだ暗いっていうか、うっとうしい状況下で申し訳ないんだけれど、この辺で、自己紹介なんてものをさせていただく。

あたし、森村《もりむら》あゆみという。二十一歳の女の子で（も、いい加減、女の子っていう年じゃなくなってきたなあ）、十九の時、故あって地球の実家を家出し、何だかんだあった末、火星の水沢総合事務所っていう処《ところ》につとめることになった。

でね、今のシーンは——ま、お判りでしょうが——あたしのつとめ先である、水沢総合事務所での、でき事だったりするのだ。

水沢総合事務所。あ、この問題もあったんだ、この事務所、名前だけ聞くと、何やってる処か、ちょっとよく判らないでしょう？　ここ……身内は、『やっかいごとよろず引き受け業事務所』って呼んでるの。業務は、ま、おおむね、身内の連中が言っているとおり。一昔前の私立探偵っていうか、トラブル・シューターっていうか……ま、その、依頼人のもってくるやっかいごとを何とかする処。

でもって、水沢総合事務所、なんて言うくらいだから、当然、水沢っていう人が所長をやっている。水沢良行《よしゆき》、三十代半ば。

で、この、水沢所長が。現在、あたしを含め、所員全員をこのうっとうしい精神状況においこんでいる張本人なのだが――ま、それは、ちょっと、おいといて。

所長は、八ヵ月程前に、結婚したばかりなのだ。奥さんは麻子さんといって、うちの事務所の事務関係一切と、お茶くみ担当。

と、まあ、ここまで書いたから、ゆきがかり上、他の所員も紹介しちゃうね。所長へ文句を言った順に紹介すると。

まず、熊さん、こと、熊谷正浩《くまがいまさひろ》。四十代後半。彼は――何ていうのか、とってもいい〝おじさん〟で、一種、他人に独特の安心感をあたえることができるっていう特技を有しているのだ。何もしないで、熊さんがただそこにいるっていうだけで、何となく、誰でも、あ、この人は信頼していいんじゃないかな、誰にも判ってもらえないと思っていた僕の気持ち、ひょっとしたらこの人は判ってくれるんじゃないかな、なんて気分になってしまう、得って言えば得な、とってもいいって言えばいい人柄の持ち主。

次、中谷君――中谷広明、二十三歳。彼はあたしと同期入社で、だから、あたしの、唯一の同僚。そんでもって、どうしてだか判らないけど、情報収集の天才。(ま、本人は、学生時代から人づきあいがよく、警察、新聞社、TV関係にやたら親友がいるからだっていうんだけどーーそしてそれは本当なんだろうけど――でも、それだけじゃ、ないような気もする。)

そして、ラスト、太一郎さん。山崎《やまさき》太一郎、二十七歳。

えーと、彼は、この事務所一の腕ききで、けんかも強く、頭もきれ、銀河系で一番たよりになる銀河一のいい男で、絶世の美男子である……と、本人が言っている。こんなことを、お酒も飲まず照れもせず、半ば本人も本気で言っちゃうんだから、ま、自信過剰のかたまりが服着て歩いているようなもんですね。でも——不思議なことに、この人の自信、決して過剰っていう訳でもないのだ。何ていうか、この人がやる、と言ったことは、たとえどんなに不可能そうなことであってもできるのだし、この人がまかしとけって言ったケースは何があってもまかせて大丈夫なのだ。過剰な自信を過剰なままにしておかない、本人の努力と能力と運のよさで、自信を事実にしてしまえる人。（ま、でも、ラストの美男子っていうのだけは……いくら太一郎さんでも……事実には、できないだろうけど……。）

と、まあ、何かやたらとほめてしまったけど、ま、ほめるのも無理はないっていうか判って欲しいというか、太一郎さんって、あたしがこの事務所にはいるきっかけを作ってくれた人だし、火星におけるあたしの保護者みたいな人だし……えーと、あの……つまり、その……だから、あの……えーい、言ってしまえ、あたしの恋人なんだもんっ！（はやい話がのろけたようなもんですねー、すいませんでした。）

でね、先刻の自己紹介の処では書かなかったんだけど——所長以下、人徳の熊さん、情報屋の中谷君、銀河系一たよりになる男の太一郎さん、事務能力がありお茶くみの天才の麻子さん、なんて豪華メンバーに伍《ご》して、ただの女の子にすぎないあたしがどうして事務所づとめができるのかっていうと——あたしにも、ま、一応あるんだ、特技って言えば特技みたいなものが。

(あ、麻子さんの説明の前に、何故、わざわざ〝事務能力〟云々《うんぬん》っていう文句がつくのかっていうと——うちの事務所で、多少なりとも事務能力があるのは、麻子さんただ一人なのである。だもんで、変な話、他のメンバーは一人や二人休んだって、この事務所、何とか営業できるのだが——麻子さんが休んだら、もう駄目。にっちもさっちもゆかなくなってしまうの。)

で、その、おもわせぶりに書いた、あたしの特技その一は……運がいいこと。

あ、こら、今、そこのあなた、笑ったでしょ、心の中で、なあんだそんなことかって。

この森村あゆみさんの運のよさを、なめちゃいけない。なめて欲しく、ない。もともと地球にいた頃から、あたしって異様に運がいい子だったんだけど、火星に来てからっていうもの、あたしの運のよさ、それこそやたらにみがきがかかっちゃって、も、天上天下唯我独尊《ゆいがどくそん》って感じの運のよさになってしまったのである。何てったって、未成年の女の子が身一つで地球から家出して、今まで生きてこられたっていうだけでも、まずやたらと運のいい話だし、こんないい処に就職でき、運のよさだけを武器にして、やっかいごとをいくつも処理できたっていう事実に至っては、もう口をぽかんとあける以外、何もできない運のよさだし、そして、とどめ。銀河系一いい男の太一郎さんを恋人にできたただなんて……これはもう、運がいい、なんて状態じゃないじゃない。(これは……結局……その……またあたしったら、のろけてしまったんでしょうか。ははは、すいません。)

そして、二つめ。あたしの左手は――普通の左手では、ないのだ。てっとりばやく言っちゃうと、義手《ぎしゅ》なのね。

一年程前の、『通りすがりのレイディ』事件で、実はあたし、あたし本人の、生身《なまみ》の腕を、なくしてしまったのだ。レイ・ガンで、撃たれてしまったの。で、その時の依頼人が、必要以上にそれを気にしてしまって……あたし、この腕を、もらったのだ。現代のサイバネティックス技術の粋《すい》をこらした義手は、生身の左手に本当にそっくりにできていて（『これ、義手だよ』って言ってからこの手を人に見せても、十人が十人、『冗談』って言う程）、何と傷ができれば赤い液体を流すし、体温もあるし、X線防止装置（この義手つけてレントゲンとっても、生身の腕とまったく同じような骨格しかうつらないの）までついてて、そのくせ筋力は人の何十倍もあり、握力にいたっては五百もあるの。この腕一つで大抵のものはぶっ壊せるし、この腕で、本気で人をなぐれば――下手すれば、殺してしまいかねない。

要するに、何ら体術のないあたし（太一郎さんと所長は、ことけんかではプロレスラーを相手にしても負けたことがないし、中谷君も一応剣道五段だし、熊さんは――ま、人柄が人柄だけに使うことはまずないけど――少林寺拳法の達人なんだそうだし、麻子さんだって合気道をもう十年以上やってる）、この腕があるっていうだけで、本気になれば事務所一けんかに強い人間になってしまった。

……と、まあ。

以上が、あたし自身の紹介と、うちの事務所の——あ。

まずい。忘れてた。

えーと、非常勤ながら、うちの事務所には、もう一人（……と、言っていいのだろうか？）メンバーがいます。あたしの同居メス猫、バタカップ、二歳。何でかは知らないけど、この子、やたらと気性《きしょう》のはげしい猫で、以前、殺し屋さん二人、顔をひっかきまくってつかまえたっていう経歴があり、動物の身としてははじめての、水沢総合事務所の半メンバーってことになっとります。（その割には、最近は、ひたすら食っちゃ寝の生活だけど……。）

うん。もうこれでおちはないな。

と、まあ以上が、あたしの紹介、そして水沢総合事務所の紹介でした。

☆

「ねえ、所長……」

「あのな、水沢さん」

あたしが、予定されていた台詞を言わなかったので、熊さんと太一郎さんが、同時に口をひらいた。

「いい加減……折れたらどうなんです。言っちゃ何だけど、こと、夫婦生活っていうのに関する限り、私は所長よりはるかに長い経験がある訳で……で、私の経験から考えても、悪いのは所長、あなたの方ですよ」

「水沢さん……。ま、あんたがどう思っているかは知らないけど――ま、本当は知ってるけど――世間一般常識から言って、おかしいのは、絶対、あんたの方だ。そりゃ、あんたは決して、自分がおかしいとは思わないタイプの男で、だから今回も、何故自分の思いやりが判ってもらえないのかって拗《す》ねてるんだろうけど……そりゃ、判れっていう方が無理なんだよ。あんたがおかしいんだ」

熊さんと太一郎さん、同時にこの長い台詞を言いつつ所長にせまり――ただでさえ、机の前でちぢこまっていた所長、二人の圧迫により、も、ほとんど机につっ伏しそうになる。

そして。これもまた例によって例の如く、ぎりぎり限度までおいつめられた所長、最後の反撃。

「だからって何で俺が悪いんだ！　俺は麻子の夫だろ！　麻子は俺の妻だ！　夫が妻の体を心配して、どこが悪いっ！」

でもって。この水沢さんのキメの台詞がでちゃうと。も……事務所中しらけきっちゃって……二の句をつげられる人が、いなくなっちゃうんだよね……。

☆

えー、先程の紹介文、および今の会話エトセトラにて。今、うちの事務所に発生している深《しん》甚《じん》なるトラブルのあらましは、推測がつくんじゃないかと思う。

早い話がね、所長と麻子さんが、夫婦げんかしてるの、ここ一週間程。それもその……かなり異常な、普通の夫婦は、十中八九こういう理由でけんかはしないぞっていう奴を。で、そのあおりをくらって、今、うちの事務所は、ほとんど半休業状態になっちゃって、ついでにみんな、お茶およびコーヒーおよび紅茶が飲めなくなっちゃって、あたしは慣れない（というよりできない）デスク・ワークばっかりおしつけられちゃって、全員が全員、半ヒステリー状態になっているのである。

あ、でも。こう書いたからって誤解されると困るんだよね。麻子さんは、家庭内のごたごたを職場にもちこむようなタイプの女性では、ない。今所長とけんか中だから、職場でヒスをおこして、で、それに所員全員をまきこんでいるっていう訳じゃないの。

麻子さんは今、労働者の権利、ストライキを決行しているのだ。それも……しごく、まっとうに、しごく、もっともな理由で。

うーん。……こういう風に書いてゆくと、より、訳が判んなくなっちゃうな。何で夫婦げんかが発展して、しごくまともなストライキになっちゃうのか、判んないって言えばこれ以上判んない状態もないし、麻子さんがストライキやってるからって、所員全員お茶が飲めなくなるっていうのも、普通に理解してもらえる状況じゃないんだし。(だって、お茶くみ担当がストしてたって、普通、他の人がいれるもんね。) これはやっぱ、ことのおこりから書かないと訳判んないだろうなあ。

☆

ことのおこりは、一週間ちょっと前の、麻子さんの欠勤だったのだ。ま、人間誰だって時には病気になるし、風邪だってひくよね。そう思ったあたし達、所長が、『あ、今日は麻子、休むから』って言った時も、別段、何も考えなかったのだ。

ところが。欠勤が、三日になり、四日になってくると……さすがに心配になってくるじゃない。で、麻子さんどうしたんですか、なんて所長を問いつめてみたんだけど、所長は、何故か、妙に嬉しそうに、『何でもない、何でもない』って言うばかりで。

そして、五日目。

何故か、やたらと意気消沈している所長と、こちらは完全に逆上——というより怒り狂っている——麻子さんが、出社してきて。で、ようやく謎の麻子さんの欠勤の理由が判り、麻子さんの実にもっともな怒りに、所長をのぞく所員全員が納得し……麻子さんは、所長が、麻子さんの、しごくもっともなとある要求をいれるまで、無制限ストライキに突入した。

でもって。その麻子さんのあまりにもしごくもっともな要求は、あまりにももっともでありすぎたので、所員全員一日目に、麻子さんのストに協力を申し出てしまったのだ。すなわち、所員全員、麻子さんのいれたものでなければ、スト成功の日まで、コーヒー紅茶を飲まない。日本茶は、それじゃま、あんまりだから、とりあえず今封を切ってある奴までは使ってもいい、でもそれがおわったら飲まないっていう奴。（麻子さんの一番の特技が、お茶の類《たぐい》をこよなくおいしくいれるっていうものである以上、麻子ストは当然お茶に関するストになってしかるべきだっていう認識が、あたし達にはあったし、よもやこんなに長びくまいっていう確信もあったので、こういうスト協力態勢になったのだけれど……ここまでストが長びくと、カフェイン中毒の太一郎さんはしょっちゅう『コーヒーが飲みたいっ！』発作をおこすし、二日前に最後のお茶っ葉が切れ、以来色もつかない出がらしのお茶しか飲めなくなっちゃったし……協力を申し出た以上、みんな協力はしているのだけれど……所員の精神状態は、ぐちゃぐちゃである……。）

と、まあここまで全所員が精神状態を荒らしながらも麻子さんをかばうのは——だって所長って、あんまりなんだもんっ！

麻子さんの欠勤の理由、何だと思う、何だと。何と——生理が、何日か、遅れただけっ！

女の子の生理なんて、その日の体調だの何だので、二、三日くらい、平気で狂うもんじゃない。まして、結婚すると女性ってホルモンの状態が変化したり何だりするんだから、別段、妊娠してなくったって、二、三日や、下手すりゃ一週間やそこいら、生理が狂ってあたり前なのだ。

ところが、なまじおそろしい程の愛妻家であり、(まだ生まれてもいない、ううん、結局麻子さんの生理の狂いって妊娠じゃなかったんだから、出来てすらもいないのに)子煩悩《ぼんのう》な水沢所長、麻子さんの生理が遅れたっていうだけで、もう舞い上がってしまって。何をどうとち狂ったのか、麻子さんに外出禁止令を出したのだそうだ。勿論、麻子さん、必死になってそれに抵抗し、たかが何日か生理が遅れたくらいで子供が出来ただなんて判らない、そんな莫迦なことを理由に会社休めますかっ!って叫んだりいろいろしたらしいんだけど……結論として麻子さん、生理がはじまって、妊娠してたんじゃないって判るまで、ほとんど軟禁状態だったんだって。

で……ま、これじゃ、普通の人は、怒りますわな。怒る——ううん。怒り狂うと言った方が正確だろう。

とはいうものの、一応、所長の方にも言い分っていうのが、ない訳じゃないのね。所長に言わせれば、妊娠初期っていうの、はなはだ流産しやすい時なんだそうで(……つっても……生理が何日か遅れただけで、妊娠初期って言えるのかしらね)、そんな時期の無理がもとで、赤ん坊に万一のことがあったり、その流産が原因で麻子さんに万々一のことがあったらどうしようと思うと、そんな時期に麻子さんが仕事しているだなんて耐えられないって言うの。

で、まあ。こう言われちゃうと……所長のしたことは、無茶苦茶だとしか言えないことなんだけど……動機が、麻子さんと、まだ出来ていない子供への深い愛情だと思うと……他人は、もう、あっけにとられて口をあけている以外、何もできなくなっちゃうじゃない。

で、話を聞いて、あっけにとられて口をあけているあたし達に、麻子さん、こうストライキ宣言したのだ。

『今後、水沢麻子は、妊娠が確認され、医者が仕事を休むよう忠告するまでは、何があろうと水沢所長により、出社するのを妨害されない権利を要求する！　この要求がうけいれられるまで、水沢麻子は無制限ストに突入する』

で、口をあけているあたし達の前で、麻子さんは事務所そなえつけのキッチンでストにはいり、少し気分が落ち着いた処で、あたし達、かわるがわるに所長を説得にかかり、所長はうめくだけでがんとして説得に従わず、ぎりぎりまでおいつめられると、『夫が妻の体を心配してどこが悪いっ！』とわめき出し、そうなるとあたし達はしらけまくるだけで……そして、こういう状態が、何と、もう五日も続いているのだ……。

「……はああああ」

「先刻のあゆみの台詞によると……それ、本日六十七回目のため息か」

さいわいなことに、この五日間、依頼人は一人も来ておらず、麻子さんの抜けた分のデスク・ワークを一人でうけもっているあたし以外は、今、事務所には暇な人間がごろごろしてるだけ。故に中谷君、先刻から自分のデスクの上のそうじをしながら、ただただあたしのため息を数えるのだけを仕事としていたらしい。

「大変よくできました。そのとおりです」

あたし、必要経費のデータをコンピュータにいれるっていう、必要不可欠にして、同時にもっともあたしの嫌いなデスク・ワークをしつつ、中谷君の方も向かずに肩をすくめてみせる。

「ほらほら水沢さん、いい加減折れなさいよ。あの楽天家にして根が単純、そもそも悩むことを知らないような精神構造のあゆみですら、ため息の海でおぼれそうになってんだから。あんたの、その、麻ちゃんと出来てすらいない子供への、度はずれた愛情がどんなにはた迷惑なものなのか、いい加減認識したってよさそうなもんだ」

と、つい先刻七回目の「コーヒー」発作をおこした太一郎さんが、あたしのため息の尻馬にのって、所長を責める。でも……ま、確かに麻子さんのストライキはため息もんだし、所長の麻子さんへの愛情って、同性として麻子さんの立場になって考えてみればため息ものなんだけど、厳密に言えば、あたしのため息の理由、所長のせいでも麻子さんのせいでもないんだよね。今日は、出勤してからずっと、あたしの、事務所の事情とは無関係なため息の山のせいで、ただでさえ暗い事務所の雰囲気を、より以上に暗くしてたんだもんな、この辺でちょっと、所長をかばってあげた方が、フェアってものかも知れない。

「違うの」

そう思ったあたし、一応こう言って。あ……でも、駄目だ、いつもはもう自分でもうるさいって思うくらいあたしっておしゃべりなんだけど、今日はどん底まで落ちこんでいるらしくて、違うのって一言《ひとこと》言ったきり、あとの台詞がでてこないや。

「ん？　違うって？」

「だから、違うの。今日あたしがやたらとため息ついてんのは、所長と麻子さんの問題のせいじゃないの」

ほらほら、調子悪い。せっかく太一郎さんが水をむけてくれたっていうのに、これっぽっちしか台詞がでてこない。

「どうした、あゆみ。ひょっとして恋愛問題みたいな、全然らしくないもんで悩んでたりすんの？　たとえば、山崎先輩が全然かまってくれない、とかさ」

中谷君の半畳《はんじょう》にも、文句言い返す気力もないや。

と。只今スト決行中で、キッチンで何することもなく（というか、意図的《いとてき》に何もせずに）坐りこんでいた麻子さんが、ふいに立ちあがるとこっちへやってきたのだ。

「ちょっと待って。冗談ごとじゃなくて……この子、変よ」

「変って？」

「今朝から思ってたの。あゆみちゃんって、デスク・ワークが辛かったりとか、コーヒーが飲めなくって苛々《いらいら》してるんだったら、どっちかっていうと騒ぎまくってプレッシャーを何とかするタイプじゃない？　それがこんな……内にこもっちゃうのって、絶対、おかしい。それに大体、昨日までは、コーヒーで発作おこす太一郎さんよりも、余程ぎゃあぎゃあ所長に文句言いたててたのがあゆみちゃんだったのに」

「言われてみれば、確かに」

と、麻子さんにつられて太一郎さんもあたしに近づいて来、麻子さんが行動をおこしたので、何がしか嬉しそうにいそいそと所長も近づいて来、するっていうとつられたように残る二人も近づいて来て……あたし、何となく、みんなにとり囲まれるような形になっちゃって。で。みんなを代表して、太一郎さんが。

「一体全体昨日——もしくは今朝、何があったんだ、あゆみ」

みんなが、他ならぬあたしのことを心配して、で、寄ってきてくれたことは、よく判った。おまけに――あたしのことを心配し、気をつかってくれる故だろう、スト決行中だっていうのに、一時的に麻子さん、スト中断してくれ、あたしの舌がすべりやすいようにって、ブランディ・ティまでいれてくれて。(ついでに、太一郎さんの、すがりつくような瞳の催促《さいそく》に負けたのか麻子さん、全員にコーヒーもいれてくれた。)

でも――こんなにも思いやられてるっていうのに、嫌な子だな、あたし、なかなかため息の理由を話せなくって。勿論、それって、もったいぶっているからじゃなくて――すごく、話すのに抵抗がある内容なんだよね。

でも。あんまりみんなが、あんまり真剣にあたしのことを心配してくれるので、しょうがない、あたし、ぽつぽつと。

「あの……昨日、家に帰ったら、ポストに手紙がはいってたの」

「誰から?」

「差し出し人、なし」

「で、あの、内容は? その手紙のせいであゆみちゃんがこんなに暗くなっているのなら……

その、差し障りがあるなら無理に、とは言いませんけれど、よかったら私達に話してごらんなさい」

「差し障りは何も……ないけど」

「何も正確な文面じゃなくても、話せる処だけでもいいから言ってみ」

「正確も何も……一字一句、間違いなく、完全に暗記してる……」

「あゆみが暗記してるっ！　余程短い手紙だったんだな」

「うん。えーと……。

　　森村あゆみ様
　私はあなたが嫌いです。

ってい《う》の」

あたしが、その問題の手紙の文章を暗唱しおえると。一瞬、事務所内には、不気味な沈黙がただよって。

そして、次の瞬間。あたしをのぞいた全員が、一ぺんに叫び出したのだ。

「何なんだそれっ！」

「あゆみちゃん、気にしちゃ駄目よ」

「変質者だよそういうの」

「何とも陰湿ですな……」

で。みんなして、へっ？　っていう顔をして、ラストの台詞を口にした所長の方を向く。

「いや……あの……俺、何か変なこと言ったか？」

「だってその……所長……仕事って何なんです、仕事って」

「立派な仕事じゃないか。仮にも我が事務所の可愛い所員にだな、そんな陰湿な手紙を出すような奴はだな、調べあげておしおきしてやらにゃいかん」

所長が、こんなあたり前のことを何だって聞き返すんだって表情でこう言ったので——ま、あたしは個人的に、所長の思いがとっても嬉しくはあったんだけど、でも——一同こっそりため息をつく。所長の異常な愛情って、麻子さんとまだいない子供にだけじゃなくて、所員一同にまでおよんでるんだあ。

「でもあの……おしおきって言ってもですね、この火星のどこかにあゆみを嫌っている人が仮にいたってそのこと自体は何の犯罪も構成しない訳で……」

でも、何とか気をとりなおして、一番法律関係に明るい中谷君が、こう反論。

「中傷《ちゅうしょう》の手紙っていうのには、ならないのか？」

「その……森村あゆみはこれこれこういうひどい人です、みたいな内容なら、まだ何とか中傷って言って言えないこともないだろうけど……私はあなたが嫌いですって言うんじゃどうしようもないですよ。個人の好悪《こうお》の問題になっちゃうんだから」

「じゃ……とにかく探し出して、うちの所員全員で、『俺達もおまえなんか嫌いだ』っていう手紙を出す」

「水沢さん、そう子供っぽいことを……」

って、あきれて太一郎さんが言いかけると。何故か、すっごく真面目な顔をして、中谷君がそれをさえぎったのだ。

「いいえ、山崎先輩。もしも探し出すことができるなら、その手紙の差し出し人、みつけといた方がいいかも知れない」

「どうして?」

「変質者っぽいからですよ。変な言い方だけど、仮に誰かが何らかの事情があってあゆみを恨んでいるとしたら、普通、そんなことしません。同じ手紙を書くんなら、御近所の人だのあゆみの知人だのにあてて中傷文書を出す方が自然でしょう。だってま、現実的に考えれば、その方がずっとあゆみのうけるダメージは大きい訳だし」

「まあ、な」

「それに、あゆみ本人に向けた奴も、カミソリ入れたりもっと過激な文章にするのが、まだ、普通ですよ。そういう内容の文書で、わざわざ〝様〟がついているっていうのも妙な話だし……。先刻所長が言った、『俺達もおまえなんか嫌いだ』っていう文章には、『なんか』っていう、ま、相手をおとしめるような言葉が、自然にはいってきたでしょう、その方が、人間心理として、普通ですよ。そういう、相手をおとしめるような言葉一切なしに、ただ、『私はあなたが嫌いである』っていう事実だけをおとなしく書いて来るのって……普通じゃないですよ。絶対、どっかおかしな、ま、変質者のセンだと思います。だとすると……本気で、気をつけた方が、いいかも知れない」

やだっ、中谷君、変なこと言わないでよ。あたし、心の中でこう呟いて――でも、それを声にすることができなかった。だって、何となれば。

何となれば、怖かったんだよお。

ただでさえあたし、自分が嫌われる、だなんて事態にはまったく慣れてなかったし、勿論好きじゃなかったから、あの手紙もらった直後から、もう自分でも救いようがなく、落ちこんでしまっていたのだ。

でも。

あたしのことを嫌っているのが、普通のその辺の人じゃなくて、どっちかっていうと変質者だ、なんて言われると――これはもう、落ちこんでいる、というよりは、恐怖の世界じゃない。あ、とはいうものの。その恐怖って、普通の人が普通に変質者に対して抱く恐怖とは、ちょっと色あいが違うんだ。何てったってあたし、一応、トラブル・シューターみたいな仕事をしているんだし、義手のおかげで腕っぷしには少し自信があったから、普通のかよわい女の子が、いわゆる変質者に狙われているような恐怖は、味わわなくてすんだの。

だけど。

そりゃ、あたしだって聖人君子じゃないんだから、勿論、人に嫌われることもあるだろうと思う。(とはいっても、あの手紙程度でここまで落ちこむんだから、それってあくまで、頭の中で〝思う〟っていうだけのもので〝実感〟はしていなかったんだろうけど。)でも——変質的に、他人に嫌われる程、あたし、自分が嫌《いや》な人間だなんて思っていなかったし、勿論、思いたくもなかったのだ。

だって、そうだよね。普通の人が普通に生活していれば、他の普通の人に普通に嫌われることは、ま、あるだろう。でも……変質者に、変質的に嫌われるだなんて……あたしには、変質的に嫌なとこがあるんだろうか……?

あたし……六十七回分のため息が、いっぺんにあたしに襲いかかってきたような気分になる程、徹底して、完全に、落ちこんでしまった——。

PART II ……ちょっとあなたが変質者!?

「まあ、変な話だけど、妙な話の進み具合のおかげで妙な風にうまいことといっちまって、結果論としてみれば、おめでたいんじゃないだろうか」

その日の夕方、事務所がひけたあとで。あたしは太一郎さんに誘われて、事務所の近所の、なかなかおいしいステーキを食べさせるっていう評判の店で、夕飯なんぞごちそうになっていた。

「でも……ま……そりゃ、事務所の状態はぐっと改善されたけど……あたしが変質者に狙われてるのって、全然、おめでたくないもん」

太一郎さんの台詞をうけて、あたし、ぷっとふくれてみせる。……なんて、ま、本当は判ってるんだけどね。あたしが、人に変質的に嫌われているっていうのに心底傷ついたらしいのを見てとった太一郎さんが、わざと逆説的な言い方で、『あんなの気にすることないんだぞ』って言ってくれてるんだっていうのは。

　それに。

　例の変質的な手紙騒動で、麻子さんのストライキ、まだ労使の解決もついていなきゃ、夫婦間の合意に達したっていう訳でもないのに、いつの間にか、なしくずしに、おわってしまって。何か麻子さん、あたしあてに来た問題の手紙に、もう無茶苦茶腹をたててしまったらしく、これはストライキなんてやってる場合じゃないって言って、問題点すえおきのまま、スト終結宣言してしまったの。

　ま……そういう意味では、まったくうれしくはないし、未だにあの手紙のことを考えるとどうにも落ちこんでしまうものではあるけれど、あの手紙、妙な処で妙な風に、役にたったと言えば役にたったのだ。

「変質者に狙われてるって……ま、広明の言い方も悪かったけど、でもあゆみ、変な風に誤解するなよ」

　と、太一郎さん、ふと真面目な顔をしてこっちを見る。あたしも、ちょっと小首をかしげて太一郎さんを見ると……お、でましたでました、かすかに眉根が寄っている。

　あたしと太一郎さんがつきあいだして（あの、その、友達として、じゃなく、よ）、もうどのくらいたつんだろう。いい加減、超越的ににぶく、超越的に（こと恋愛関係では）おくてのあたし達は、お互いが超越的にそういうことが苦手であり、具体的なことは何もできず、何も言えないっていう状態に慣れてきてしまって……今や、何も言葉がなくっても、相手の顔を見ただけで、もう半ばは相手が何をする気なのか、判ってしまえる間柄《あいだがら》になっているのである。

そして、そのあたしの経験から言うと。太一郎さんが、一瞬真面目な顔になり、ついで眉根を寄せるのは……何か、自分で考えても気障《きざ》だなーっていうことを言おうとしている時。

「変質者、なんて言うと、いろいろイメージあるじゃない。ま……主に、嫌なもんが。だけど、おまえを嫌う変質者って——ま、嫌な奴であるってことは同じだけどさ——、普通の、いわゆる変質者じゃ、ないぜ」

「へ?」

「その……おまえみたいに、莫迦で、阿呆らしいっていう形容がつくくらい素直で、目もあてられない程のお人よしで、信じられないくらいの楽天家を嫌う奴なんてな、それだけで、充分、まともな人間じゃ、ないんだ。おまえみたいな人間を嫌うことができるような奴は、そもそもはじめから、人間として、変質しちまってるんだ。だからおまえは、普通の人間に普通に嫌われるんならともかく、変質的な人間に変質的に嫌われるだなんて……云々って、悩む必要がないんだ。そもそもが、おまえみたいな人間を嫌おうって奴は、それだけで、もう、立派な変質者だ」

言っちゃってから急に恥ずかしくなったのか、太一郎さん、あわててそっぽ向く。

そして。

そんな太一郎さんの様子を見ていると。

不思議なもので、あたし、あんなことであんなに落ちこんでしまった自分が、ふいに情けないものになってしまったように感じる。

ふいに情けないものに——違う、な。

何ていうのか……うん、全面、バックアップ。

あたしのうしろには、太一郎さんが、そして事務所のみんながついていていてくれる。あたしのうしろには、太一郎さんの、そして事務所のみんなのバックアップがある。

とね、こんな状況下で。

どんなに嫌な手紙をもらおうと、どんなに嫌なことをされようと、あたしには、それに落ちこんでしまう暇なんか、ない筈。だって、あたしには、『あゆみはそれでいいんだよ』って言ってくれる太一郎さんが、そして事務所のみんながついていてくれる訳で——それに。

あたし、太一郎さんを、そして事務所のみんなを、信じてるもの。あたしの信じている、あたしの好きな人達が、こんなにみんなしてバックアップしてくれているのに、あたしにとって信じようもない、好きでもない、そもそも差し出し人すら書いていないような手紙一通で、あたしが、今までのあたしを否定するだなんて、それによって落ちこんでしまうだなんて、それは絶対、許されないこと。

うん、そうだよね。

かくてあたし、今日一日のあたしの落ちこみは一体全体どこへ行ってしまったんだっていう感じの笑みを太一郎さんに向け――しばらくは、太一郎さんも、あたしの微笑みに自分の微笑みを返そうっていう感じであたしに微笑んでくれ――で、ふいに、その微笑みあいが、崩れた。

☆

「……あゆみ。ちょっとの間、ここにいてくれ」

ふいに表情がきつくなった太一郎さん、あたしに聞こえるか聞こえないかぎりぎりといった程度の声でこう言い――そのまま、そっと、立ちあがる。

太一郎さん、何を見たんだろう――？

ま、レストランでデートをするカップルとしては、ごくあたり前のことなんだけど、あたしと太一郎さん、むかいあってテーブルについていた。故に今、太一郎さんが何か発見し、おそらくはそれをたしかめに行った方のテーブルって、あたしから見ると、完全に死角（というか、背中の方）で、そもそもどんな人がいるのか、見ることはできない。

それに。あたしが完全に信用している太一郎さんが、ついてこい、とも、気をつけろ、とも言わずに、『ここにいてくれ』って言って、で、行ってしまったんだもの、あたしとしては本当に動きようがない。『ここにいてくれ』っていう台詞の中には、ひょっとしてひょっとしたら、『動かないでくれ』っていう意味もあるのかも知れないと思うと……も、完全に、動けない。あたしの背中の方へ行った太一郎さんがどんなことをしているのか、あたりにはどんな人がいるのか、ふり返って確かめてみることもできやしない。

そして、そのまま。何とはなし、動いちゃいけないんだ、動いちゃいけないんだって思っているうちに二分程時間がたち——ふっと気づくと、あたしの脇に、男の人が立っていた。

その人、あたしの背後から、あたしの方へやってくるのが本当に自然だっていう感じでやってきたものだから、気配だけで、一瞬、あたし、あ、太一郎さんが帰ってきたのかなって思ったんだけど、よく見ると、もうかなりお年のいった、見事な白髪のおじいさんだった。なかなか立派な口ひげも見事に銀色になっていて、お顔のしわもかなりなものなんだけど、どうしてなかなか、若い頃かなり体をきたえていたのか、背はぴんとしていて、動作も相当若々しい。

「失礼。相席《あいせき》させていただきたい」

と、そのおじいさん、どういう訳かあたしにこう言うと、太一郎さんの席につこうとする。あれ、一見矍鑠《かくしゃく》として見えるけど、目があんまりよくないのかな、太一郎さんの席、歴然とそこで人が食事中なのが判るのに……と思ったあたし、慌てて。

「いえ、すみません、そこ、今中座《ちゅうざ》しているだけで、連れがいるんです」

と、おじいさん、テーブルの上をじっと見て、それから妙に照れたような笑みをうかべ——

そして。何と、さも当然のことのようにあたしの隣に腰かけてしまったのだ！（あ、あたし達、のんびりと食事をしたかったので、四人用のテーブルについていたの。故に、あたしの隣にも、太一郎さんの席の隣にも、一応、空席があると言えば、ある。）

「あ、あの……」

あまりのことに動転したあたし、思わずおじいさんの顔をのぞきこむ。と、おじいさん、あたしの台詞を封じるように、きっぱりと。

「ここは空席の筈だ」

……ま……実際、そりゃそうなので、あたし、何も言い返せなくなる。でも……この頃の若い者は失礼だ、常識をわきまえてない、なんてあっちこっちでお年よりがしょっちゅう言ってるっていうのに――何て常識をわきまえないおじいさんなんだろ。レストラン内での相席って、どう考えたって、先客が『どうぞ』って言わなきゃ成立しない筈よ。ま、そりゃあたしだって、他にあいてる席がないなら、礼儀として必ず『どうぞ』とは言うけど、でも、言われる前に腰かけちゃうだなんて……え？

よくよく見ると、このレストラン、確かに込んではいるけれど、でも満席って訳じゃ、ないじゃないかあ。二つか三つ、あいているテーブルがあるじゃないかあ。

そう思って――そう思うと。どう考えたってこのおじいさん、礼儀知らずというよりは、あやしい。おまけに、あやしいって思って見ると……どうも、どこかで見たような気がするのだ。

それも、このおじいさんに、昔、どこかであったことがあるっていうんじゃないのね。このおじいさんとどことなく似た容貌《ようぼう》の男の人か女の人を、あたし、どこかで見たことがあるような気がする。

と――とっ！

あ、あやしいおじいさん、お、おそろしい程気味の悪いことをしたのだっ！　太一郎さんがいないうちに一人で勝手に食事をすすめてしまう訳にもいかなかったんで、何となく、所在《しょざい》なげにテーブルの上であそばせていたあたしの左手を……撫ぜたっ！　それも、そっと、いたわるように慈《いつく》しむように……それでいて、まるで痴漢がお尻にさわる時みたいな感じで、てのひら全体をあたしの手におしつけるようにして。

「何するんですかっ！」

気色《きしょく》悪さのあまり大声を出し、反射的に左手をひこうとして、あたし、慌てて左手をひくのだけは思いとどまる。何て言ったってこの左手、お世辞にも普通の手とは言いがたいのだ。ついうっかり力をこめてた左手をひいてしまったせいで、おじいさんの手の骨折ってしまったり、おじいさんをふっとばしてしまったりしたら、それはやっぱり、いくら何でも申し訳ない。

ところが。大声を出しはしたものの、あたしが左手をひっこめなかったのに味をしめたのかおじいさん、今度はもっと図にのって、両手であたしの左手を撫ぜはじめたのだっ！

「やめて下さいっ！　人が遠慮して左手使わないでいるっていうのにっ！」

と、おじいさん、やっぱり両手を使ってあたしの左手を撫ぜまわしながら、それでも顔だけこっちへ向けて、何故かにたっと笑ったのだ。そして。

「若い人の肌は、はりがあって気持ちがいい」

き……き……き……気色悪いっ！　この人あやしい人じゃなくて、痴漢だわ痴漢！　まさかこんなに人目の多いレストランにそんなものが出没するだなんて思いもしなかったから考えつかなかったけど、これはもう、痴漢以外の何者でもないっ！

と。その頃になって、ただごとではないあたしの悲鳴により、ようやっとお店のひとが駆けつけてくる。

「どうしたんですか？　何か不都合が」

お店のひとが来たとたん、魔法のようにおじいさんの手、あたしの左手からはなれていて。

でも……このままおじいさんを無罪放免にするのはあまりにもしゃくだから、あたし、できるだけきつい目をしておじいさんを睨みつけながらお店のひとに言った。

「この人、痴漢なんです」

「は？　こちらの……御老人が、ですか？」

お店のひと、一瞬、判断にまようって顔をする。でも、ま、それも無理のない話なんで、痴漢っていうのは大体、若い男か中年男って相場《そうば》が決まってるもんだし、それにこのおじいさん、服なんかも相当いいもの着てて、実にその、人品いやしからぬ、というか、堂々とした品格があるんだもの。

と、おじいさん、そのまま何事もなかったような顔つきで立ちあがり、彼に一言。

「誤解だ。失礼」

こう言うと、そのまますたすた店を出ていってしまったのである――。

☆

痴漢のおじいさんが出ていって数分後、太一郎さんがもどってきた。で――やっぱり、デートの最中にあんな訳の判らない痴漢に出喰わし（胸とかお尻ならともかく、手なんて撫ぜておもしろいもんなの？　それともあのおじいさん、本当に本人の言葉どおり、若い人の肌を味わいたいだけだったんだろうか。……ぞわわわわ。やだやだ、そんなの、お尻さわられるのよりももっと気持ち悪い）、おまけに太一郎さんがすぐに助けに来てくれなかったっていう立場のあたし、まずはふくれて見せるのである。

「何やってたの。どうして先刻、すぐ来てくれなかったのよ」

「えっ、先刻って……何かあったの」

「え？　じゃ、あの時、太一郎さん店にいなかったの？」

でもってあたし、あの気色悪い痴漢のことをかいつまんで話し、太一郎さんもまた、自分が何をやっていたのか、かいつまんで話してくれた。

太一郎さんの話によると、このレストランの入り口近いテーブルに、おそろしく挙動不審《きょどうふしん》な女の子がいたというのである。一応、ステーキとサラダをとっているっていうのに、食事にはろくに手をつけず、ひたすらあたしの背中を睨んでいて、そのくせ、太一郎さんと目があうと、ぱっと視線をそらしてしまう。その視線のそらし方が、いかにも自然に、さり気なくするよう精一杯の注意を払っているようで、そこがまた、妙におかしい。

で、ためしに太一郎さん、わざとその女の子にしばらくの間視線を固定してみたところ――女の子、しばらくは顔をふせていたものの、ふいに伝票つかんで立ちあがってしまったんだって。

と、まあ、妙に気になる女の子だったんで、手紙の件もあるし、太一郎さん、こっそりと女の子のあとを尾《つ》けてみたんだって。

そうしたら。実に驚くべきことに、女の子、すぐ太一郎さんの尾行に気がついたんだって。気がついて、一瞬あきらかにぎょっとして、それから慌てて平静をよそおって。

「でね、結構、初歩的な尾行をまく作戦を実行してんだよ。デパートにはいって、その辺ぶらぶらしたかと思うと急に扉がしまる直前のエレベータにとびのってみたり、トイレに行くようなふりをしてこっそり非常階段に抜けたり、かと思うと裏口からデパートを出て、急に地下鉄の駅にはいったかと思うと、突然駆けだして改札を抜け、来た地下鉄にのったとみせかけ柱の陰にかくれ、別な改札とおって別な出口へ出たり……。で、そのやり方がね、時々、お、やるなって感じのもののくせに、時々妙に抜けた処があったりして……。ふと気がついたらもう十分もひきまわされてたんで、慌てて帰って来た」

「って？　どういうこと？」

「あの女の子、本気で俺の尾行をまく気なんてなかったんだよ。俺ひっぱりまわして時間をかせいでいたんだ。それに気がついたから、慌てて尾行中断して……したら案の定、こっちに妙なじいさんが出現してた」

「ということは、あのおじいさん、痴漢じゃなくて……」

「ああ。考えてもみろよ。さわってたのは、おまえの左手、だ」

「でも……じゃ、何を？」

あたし、左手をそっと動かしてみる。うん、動く。別に何もくっつけられてはいないようだし。

「一番考えられるのは、何らかの特殊なカメラで、おまえの腕の構造を撮影したっていう奴かな。それに……」

太一郎さん、こう言うと身をのりだしてくる。

「まさかと思うが……俺をけむにまいて遊んでいたあの女の子だってかなりのプロだ。ここへ来たじいさんがもっと上手《うわて》の奴だったら……。おい、あゆみ、その手、本当にこわれてないな？」

「うん……」

まげる、のばす、指を一本一本動かしてみる。……うん、大丈夫、全部、普通にできる。

「いや、そういうんじゃなくて……えーと」

太一郎さん、きつく目をつむる。これは何かを思い出そうとしている仕草。

「あの腕の構造からいって、一番こわしやすいのは……。おい、あゆみ、ちょっとこのフォーク、持ちあげてみな。ただし、肩がほんのちょっとでも痛かったり、何か変な感じがしたら、すぐやめろよ」

「うん……いいけど」

何なんだろう、あんな真剣な顔で。そう思いながらあたし、ひょいとフォークを持ちあげてみる。こんなもん、あたしの左手じゃなくたって、どんな非力な女の子だって、ぱっと片手で持てる筈。

「OK。いいか……次は、ほんのちょっと、一ミリか二ミリでいいから、このテーブルを持ちあげてみろ。ただ、今度こそ、本当に細心の注意を払うんだぞ、肩にちょっとでも異常を感じたら、すぐやめるんだ」

「うん……」

で、お言葉どおり、注意を払ってテーブルを持ちあげようとして……いたっ！

「痛いっ!」

あたし、思わず、椅子の上で左肩をおさえ、うめいてしまった。痛かったよお、左肩。何の前ぶれもなしに、急にひどい痛みが襲ってきて。

「莫迦。だから注意しろって言ったろうが……。にしても」

太一郎さんの顔色が、みるみるうちに青ざめてくる。それから太一郎さん、まだ食事も途中だっていうのにすっと立ちあがって。

「食事は中止だ。おまえは今すぐ、家へ帰れ。俺が送ってゆく。道中、絶対、何もさわるな。そして……家へ帰ったら、ただちに、左手をはずす」

「えええっ!? どうして? それに……一体全体、どうしたの?」

「あとでゆっくり説明する。……とにかく、これは、容易ならざる敵だよ。冗談じゃないぜ。下手したら、今までやりあったどの相手よりも手ごわいかも知れない……」

「何がどうしてどうなってるのよっ!」

話の筋がまったく見えていないあたし、思わず叫ぶ。敵っていったって……うちの事務所のシステムからいったって、依頼人もいないのに敵ができる訳がないのに。

「考えられる一番確かなセンは、逆恨みだ」

「逆恨み?」

「ああ。『星へ行く船』事件の王弟派の残党か、『きりん草』事件のきりん草にあやつられている奴らか、『通りすがりのレイディ』事件の地球の権力者達の家族か、『カレンダー・ガール』事件の反近藤《こんどう》商会か。ま、きりん草と反近藤商会の連中は、はぶいてもいいかも知れない。どっちも、俺達が恨まれるような筋じゃないからな。それに、反近藤商会の奴らは、俺達にちょっかいを出すよりは、直接近藤商会狙えばいいんだから」

「ちょっと待ってよっ！　王弟派だって、あのティディアの粉にかかわってた連中の家族だって、あたし、恨まれる筋じゃないわよっ！　だって、そもそも、自分達が悪いことしてたのが悪いんじゃないのっ！」

「だから、逆恨みって言ってるだろ。王弟派にとっては、二十年にわたって画策《かくさく》してきた王権のっとりを最後のツメでぶっ壊されたのは間違いなくあゆみのせいなんだし、ティディアの粉がらみの連中も、それこそグロス単位で人を殺してまで守ってきた秘密を、あゆみがこともあろうに火星の全国ネットにのせてＴＶ放送しちまったんだから。どっちの関係者も、骨の髄《ずい》まで、うちの事務所と……特に、あゆみ、おまえを憎んでるに違いない」

★

許せない。許せない。許せない。

太一郎さんにがっちりと左側をガードしてもらって帰宅する間中。（何でも、とにかく、今の状態であたしが左手つかうととんでもないことになるんだそうで、で、太一郎さん、あたしの左側をガードしていてくれたのだ。)

あたしは、ただそれだけを考えていた。

そりゃ、逆恨みっていう単語は知ってる。

でも。

王弟派の連中は、あのガシュナ氏を、それもまだほんの小さな子供だったガシュナ氏を、あんなひどい目にあわせ、それだけじゃあきたらず、あんなことまでしたんだ。それこそ、人間の尊厳《そんげん》ってものを、たかが王位一つの為にずたずたにしたんだ。

ティディアの粉の関係者は、子供を——それも、まだけがれを知らない幼稚園児くらいの子供を、自分達が若くなりたいっていうだけの理由で、何百人も、いや、ひょっとしたら、何千人も、殺したんだ。生命の尊厳ってものを、たかが自分達の若がえりの為にずたずたにしたんだ。

どっちの連中も、人間として最低最悪、も、あんた達には人間だなんて名乗って欲しくないわよ!っていう連中だっていうのに……それが何よ、今度は、逆恨みですって⁉ 一体全体どういう神経してれば、あんなひどいことしといて、更に逆恨みなんてできるのよっ!

もし。(というより、ことこういう事態になってみると、これってもう確定的なことに思えるけど。)

あの手紙をよこしたのが、そいつらなら。あたし、あんな手紙のせいで、ちょっとでも落ちこんでしまった自分を、本当に恥ずかしく思うわよ。あんな連中のせいで落ちこむだなんて……あんな連中のせいで落ちこむだなんて……も、プライドが許さないっ！

あのおじいさん――ええい、今となってはおじいさんなんて言ってやるのも口惜しい、太一郎さんの真似してじいさんにしよ（さすがに、じじいという言葉をつかうのははしたないような気がする……）――何となく、誰かに似ている記憶があるから、どっちかの事件の関係者の肉親なんだろうか。だとすると。

も、この時点で、あたし、判ってしまった。

今回の事件は、『通りすがりのレイディ』事件の関係者がおこしたものだ。（だってあたし、『星へ行く船』事件では、具体的に王弟派の人には会ってないもの。）

かくて。

自分の部屋に帰りつく前に、あたしはもうすっかり、ティディアの粉の関係者に対する怒りに燃え狂っていたのである……。

★

「……これでよし」

あたしの部屋に帰りついた途端、何が何でもこれが最優先事項だっていう感じで、事情説明もしてくれず、太一郎さん、あたしの左手をはずした。そして、左手はずしおえたら、本当にこれで一安心っていう感じでため息ついて。

その頃には、逆恨みっていう異常事態も何とか納得できたし、肩の痛みもかなりやわらいでいたので、あたし、安心したらしくダイニングキッチンの椅子にこしかけ、煙草すってる太一郎さんに質問する。

「ね、あの……あたしの肩、どうしたの?」

「今のとこ、あまりにも急にとんでもない重さが肩にかかったんで痛んでいるだけ。ま、あの程度のテーブルだし、あんな短時間だし、一晩寝れば治るよ」

「でも……何で? 今まで、あのテーブルの何十倍も重たいもの持ったって、こんなことなかったのに」

と、太一郎さん、あたしに、椅子にかけるようにってジェスチャーし、それからちょっと気障《きざ》に肩をすくめて。

「ま、おまえのことだから多分そうだろうと思ってはいたけど……自分の腕の説明書、ちゃんと読んでないな」

「えー、読んだよ、ちゃんと、何回も」

「そりゃ……自分の腕だもん、取り扱い説明書は読んだろうけど、基本構造なんかについての説明書は、読んでないだろ」

「えっ……うん」

だって。あんなもん、素人が読んだって、何書いてあるのか判る訳、ないんだもの。判る訳ないものを努力して読むだなんて、まさしく時間の無駄以外の何物でもないと思うんだけどな。

「それに、ま、どうせ判らんか」

と、まあしゃくにも太一郎さんこう言って、それからちょっと考えて。

「じゃ、おまえにも判るように説明するけど……先刻、おまえが持ちあげたテーブル、右手で持ちあげたとしたら、どうなると思う？」

「どうもなんない。そもそも、持ちあがんない」

「そりゃ、ま、そうなんだけど……じゃ、こういう風に言おう。おまえが立ってて、その脇に台の上にのっけたあのテーブルをおいておく。で、おまえの右手とあのテーブルを手錠か何かで結びつけておいて、突然、テーブルの下の台をとっちまったら、どうなると思う？」

「あたし、しゃがむと思う」

「うー……」

太一郎さん、苛々と髪の毛ひっかきまわして。

「いつからそんな、ああ言えばこう言う女の子になっちまったんだって……昔からか。じゃ、こうしよう。うしろの柱か何かに鉄ぐさりか何かでおまえの体を厳重にしばりつけてしゃがめないようにして、で、そういうことをしたらどうなると思う？」

と、ここまで言われて。ようやくあたし、判った。

「……右肩が……抜けるわ」

そうか。あの時の激痛はそういう訳だったのか。……って、あたし、一瞬納得しかけて、それから猛然と疑問がわきあがってくるのを感じた。

「あの、でも、先刻のことは判ったけど、おかしいよ、それ。だってそれなら、今までどうして、あたしの左肩、無事だったの？　どう考えたって今までにあたし、あのテーブルの何十倍もの重さのもの、持ちあげたことがあるよ？」

「それを言うなら、肩だけじゃないだろ。当然、腰にもくるし、背骨にもくる。大体が、まったくきたえていない生身の女が、何十キロだの何百キロだののってものを持ったり、壊したりすりゃ、そのツケは当然体の方にも来る。あの義手使って無茶を一度でもやれば、おまえの体はずたずたになる」

「ええ!!」

あたし、叫んじゃう。ということは……あたしの体、見えない処で、すでにずたずたになっちゃってるの!?

「……ところが、今までは、そんなこと、なかったろ。大体が、そんなあぶないものをお礼にっつって真樹子《まきこ》がくれる訳はないし、俺や水沢さんがついてて、そんなあぶないものをおまえにつけさせておく訳がない」
……ほっ。何だ太一郎さんたら人が悪いんだから。それならそれで、早く言ってよ。
「義手の内部に、緩衝《かんしょう》機構がくみこまれているんだ。ま、俺だって工学的にどうなっている
のかちゃんと説明しろって言われたら悩むような、高級な奴が。……おまえにも判るように、
徹底的に簡単に言うとね、たとえば指先に百キログラムの負荷がかかったら、ひじまでにそれ
を百グラムくらいに変換してくれる奴が」
「えええ、どうしてえ？　だって百キロってどうやったって百キロじゃない、どうしてそんな
ことができるの」
「……そんなこと言うなよ情けない。じゃ、どうして火星が一Gだと思うの」
へっ？
「元来火星の重力は、地球の三分の一くらいしかないんだよ。それが何で地球と同じ重力に
なってると思うんだ」
「火星移民――ううん、そもそも月に最初の都市ができる前に、完全に重力コントロールがで
きるようになったから。……って、あ、そうか、自在に重力がコントロールできれば、百キロ
を百グラムにするくらい……えええええっ!!」
あたし、まじまじと……それこそ、穴があいてしまうことを心配しなきゃいけなくなるか
なってくらいまじまじと、自分の左手をみつめた。だって……こんなコンパクトな（少なくと

もひじから先の手の分の容積しかない）重力コントロール装置なんて、今まで見たことも聞いたこともなかったし……なのに、この義手にとって、それってほんのつけたしの部分にすぎないんだよね。容積のほとんどは、ま、あたり前って言っちゃあたり前だけど、義手としての用途に使われている筈。だとしたら、この義手、最先端技術の中の最先端技術、その結晶みたいなもんじゃないかっ！

「どうして？　だって太一郎さん、前、この義手一つで宇宙船二つ買えるって言ったじゃないっ！　この義手が、そんな凄まじいものだったら、宇宙船二つどこのさわぎじゃないわよっ！」

「多分、それは、〝宇宙船〟って単語に対するイメージの違いだと思う」

太一郎さん、何だって今頃、そんな基本的なことに気がつくんだっていう、あきれ返ったような声をだす。

「宇宙船って、どんなもんだと思って聞いてたの、おまえ」

「その……小型宇宙艇とか……個人の宇宙船とか……」

「桁《けた》が違う、桁が」

「えええっ!!　じゃ、あの……惑星間定期連絡船みたいな奴!?」

「……桁が、まだ、違う……。太陽系でて、他の恒星まで行って帰ってくるような奴」

「えええええ!!」

……何てこった、それじゃ、同じ船でも、ボートと、豪華客船くらいの価格の差があるじゃないか。でもって、ボート程度の価格だって思っていた時だって、あたし、とてもそんな高価なものもらえないと思ってた。なのに……。

「今更そんな基本的なことで驚くなよな……」

「でも……でも、誰がそんなこと、思いつくもんですかっ！　たかが腕一つがそんなに高いだなんて……。そうよ、大体レイディったら、何とち狂ってそんな莫迦高いものを」

「外見が、ここまでちゃんと人間の腕に見える義手って、今現在、そのタイプしかないんだ」

「だったら、このタイプので、腕力も握力も人並み程度のものにすればよかったんじゃないっ！　そうすればずっと安く」

「だからないんだって、そういうのが」

「……へ？　普通の腕が、ないの？　こういう、化け物じみた腕が、あって？」

「そう」

「どうして⁉　おかしいよ、そんなのっ！　普通の人は普通の義手を欲しがるに決まってるじゃない。あたしは、ま、仕事が仕事だから、こういう異常な義手だって喜んでいただいちゃったけれど、普通の女の子が、こんな異常な義手を欲しがる訳、ないじゃない。何で異常な手があって、普通の手が、ないの？　資本主義の原則に反してるよ。需要があるものを作らないなんて」

「……だから、売り物じゃないんだってば。大体が、普通に義手を欲しがる人が、ここまで精巧なものを――体温があったり、切ると血がでてきたり、X線あてても骨格が見えたり、産毛まではえてたりするものを――必要とすると思う？」

「……思わない、確かに。でも……じゃ、この義手、何なの？」

「兵器なんだよ、もろに。……どういう訳か最先端の技術って、まず軍需産業で使われるの。おまえの腕は、兵器としてのサイボーグ開発途中の、試作品、それもまだ、百のオーダーのうちの奴だ」

……!!

正直言って、ぶっとびましたね、理性が。まあ以前から、所長のデスクたたきこわしちゃったり、太一郎さんの手の骨くだいちゃったり、物騒って言えば物騒この上ない腕だと思ってた。したら……物騒なのもあたり前、これ、正真正銘《しょうしんしょうめい》の最先端兵器だったんだ。レイ・ガンとか麻酔銃みたいな武器じゃない、兵器！

「ま、そうやって理性ぶっとばした状態でいいから聞きなさい。そのじいさんは、どうやったんだかその緩衝機構をぶっ壊したんだ。だから今、おまえが下手にその手を使うと、先刻言ったような理屈で、おまえの体がずたずたになる危険性がある。おまけに、他の部分はまったく壊れてないもんだから……変な話、おまえ、腕だけを問題にするんなら、今でもその腕で、何百キロってものを軽々と持ちあげることはできるんだ。だが、あたり前のこととはいえ、その腕の先には肩と体がくっついている。……このまま この腕をつけておくとね、なまじ可能だもんだから、ついつい腕を使ってしまって、体壊すことになりかねない。……だから、はずした」

「え……？　じゃ、ということは、あたし、この腕がなおるまで、ずっと片手で生活しないといけないの？」

「いや、敵に、こんなに簡単に腕を壊せる技術を持った奴がいるんだ、この件が片づくまで、おまえに腕をつける訳にはいかない」

……！　何ですってえ？　じゃ、あたし、今までで一番強敵だって、太一郎さんをして言わしめた相手に、唯一の武器なしでわたりあわないといけないの⁉　も、あたし、先刻からのあいつぐショックの余り、叫び声すらあげられなくなってしまった。

それから。ふと、気がついて。

「ねえ……でも、何であのおじいさん、こんなに簡単に、この腕を壊せたの？」

そうよ。軍関係の試作品で、まだ百のオーダーだっていったら、この広い宇宙全体で、あの腕を持っている人って、まだ百数十人くらいしかいない筈。それをこうもやすやすと壊せるというのは……。

「まだ一般に発表されてない、この腕の設計図を、どうやってか手にいれたに違いない。それも……単に、設計図を持っているっていうだけじゃなくて、その設計図を解析して、おそらくは設計した本人ですら気づいていない、あの腕の弱点に気がついたっていうことになる……。ま、俺だって、あの腕を壊せって言われたら、おそらくは緩衝機構を狙ったに違いない。構造的にあそこが一番壊れやすいのは確かだし。でも、この、あゆみを知ってて、腕の説明書読んで、おおよその設計図を知っている俺ですら、狙うとしたらあそこだっていう程度の認識しかないんだぜ。とてもじゃないけど、そうやすやすと壊せない……」

「……すごい……おじいさん……」

あまりのことに動転しきっているあたし、いつの間にか、じいさんがまたおじいさんにもどってしまった。だって……あたしとあたしの腕をよく知っている太一郎さんにすらできないことを、あたしも、腕も、本来なら知らない筈のおじいさんが、いともやすやすとやってのけちゃったんだもの。

あたし達は、一体何を敵にまわしてしまったんだろう——。

★

二十分程、あたしも太一郎さんも、おのおのの思いにひたりきって、ぼけっとしていたと。

突然、電話が鳴りだして。

時期が時期なんで、あたしは慌ててTV電話のスイッチをいれた。でも……画面に、何も、うつらないいんだよね。

と。

「もしもし……」

音声だけは、ちゃんと聞こえてきた。ははん、これは先方が、音声だけにTV電話、切りかえているんだ。女の人の声だしね。（TV電話って、相手の顔および部屋の一部が見えるじゃない。だもんで、最近、TV電話を利用した痴漢とか露出狂、のぞき、あと一部でプライバシーの侵害行為っていう、悪いいたずらがはやってるんだ。だから、良識ある人――特に女性――は、相手を確認してから、画像がうつるように電話切りかえるようになってきていた。）

「はい」

「安川《やすかわ》さんのお宅ですか？　私、信乃《しの》ですけれど」

「あ、いえ」

何だ、かかってきたタイミングがタイミングだから、一瞬身構えてしまったけれど、間違い電話か。

「うちは森村と申します」

「あ、すみません、間違ってしまいました。大変失礼いたしました」

「いえ」

「では、失礼いたします。誠に申し訳ございませんでした」

で、プツンって、電話、切れる。へーえ、実に今時《いまどき》めずらしい、とっても礼儀正しい間違い電話だ。

そう思って、椅子に帰ろうとした瞬間、また、なる、電話。

「もしもし」

あ。今度は男の人だ。

「はい」

「あ、奥さん？　安川、たのむ」

あれ。また間違い電話。

「あの、うちは森村ですが……」

「あ、失礼」

で、プツン。……めずらしいこともあればあるもんだなあ。二件続けて、安川さんって人との間違い電話。

安川――さん。

と。

ふと、思いだす。

『通りすがりのレイディ』事件で、直接あたしがやっつけたと言える人って……村田《むらた》さんって人と、安川さんって人、なんだよね。何か関係——ないだろうなあ。

で、また椅子の方へ帰りかけると、また、電話。

「もしもし、オヤス？」

「は？」

「やーだ、あたしよ、ね、オヤス、あなた今日の宿題」

……子供の間違い電話、か。

「あの、失礼ですがどちらにおかけでしょうか」

「え？　……あ、ひょっとして家族の……わあ、すいません、オヤス、います？」

「は？」

「あの、安川信乃さん、お願いします」

「あの、うちは森村ですが……」

「えー！　やだ、ごめんなさい。間違えました」

何なんだ、これは。

よっぽどうちと番号が似てる処に、つい最近、安川さん一家が引っ越してきたんだろうか？

（だって、ま、今までも、間違い電話って時々あったけど……安川さんあての間違い電話って、なかったよ。）

それに。

安川って姓だけじゃない。信乃っていう名も、二度、でてきた。

安川家の娘が信乃で、で、最初の電話は、信乃さんが家にいれたものなんだろうか？　にしては、最初の電話、丁寧すぎるような気もするけど……。

と。

またなる、電話。

「おい、安川」

……まただ。今度は、男の人。

「あの、うちは森村ですが」

「は？」

「うちは、安川さんじゃないのですが」

「は？　……あ、失礼」

……何なんだ、これは。

あたしがあきれていると……また、電話。

「もしもーし。やっすかわちゃん」

今度はえらく軽そうな女。

「あ、あの」

「え！　やだ！　何で女がいるの！」

「へ？」

「……ちょっと、あんた、誰？　安川ちゃんとどういう関係？」

「あの……失礼ですが、何番におかけですか？」

「何言ってるのよ、ちょっとあなたっ！　安川ちゃん、そこにいるの？　いないの？」

「いえあの……うちは安川さんじゃないんですけど」

「……え？」

「うち、森村ですけど」

「え？　あ、やだ、これ、間違い電話？」

「はい」

「えー！　……やあっだ、ごめんしてねー。安川ちゃんとこじゃないの」

「あの……で、失礼ですけど、何番におかけですか？」

「ごめんねー。すんません。も、おがんじゃう。安川ちゃんの処じゃないなら、何番もへったくれもない、あたしの間違い」

「あの……そうじゃなくて……実は、安川さんあての間違い電話が、もの凄く多いんです、うち。だから何番におかけになったのかと……」

「えーと……××ー×××ー××××」

それは、もろに、うちの番号だった。

「あの……それ、うちの番号、ですけど」

「えええ⁉︎」

電話のむこうの女の声、確実に一オクターヴは高くなる。

「だってこれ、安川ちゃんの名刺の……」

あ、それでかな。

名刺に、間違った電話番号をすってしまって……だから、間違い電話が、多いのかしら。

「ほんと、ごめんしてね。あたし、火星銀座30ストリートの〃えきせんとりっく〃っていう店にでてるの。もし、この辺まで来ることがあったら、声かけてちょうだい。うんとサービスするからね……って、女の人相手じゃ、しょうがないか」

で、電話切れ……そして、案の定、また、なる、電話。

「山」

「……は？」

「山」

「……は？」

今度の電話の男の相手、これしか言わなかった。で——しかたなく。

「川」

あたし、こう言ってしまう。昔から、山といえば川っていう、有名なあい言葉だもんね、これ。

「安川を」

でもって、謎のあい言葉を言った男、こう言ってだまってしまう。

「あの……何番におかけでしょうか……」

「え？　山」

「だから、川ってば。じゃなくて、何番におかけなんですか？」

「だから、山」

「だから、川……じゃない、うちは、安川さんちじゃないんですが」

「山っ！」

「川っ！　あのね、いくら言われても、うちには安川さん、いませんっ！」

「山っ！　やまっ！　やまって言ってる！」

「川っ！　かわっ！　いませんってばっ！」

で、切れる、電話……。

そして。

結局、その日のおわりまでに——さすがに、夜中の十二時をこえると、電話はやんだ——実に、七十二本も、安川さんへの間違い電話がかかってきたのである。

PART III

ネメシスは……矢を放ったのかな

「何なんだそれは」

　次の日。太一郎さんと一緒に出勤した（はいはいそうです。あたしは、女の子の一人暮らしだっていうのに、太一郎さんをとめてしまいました。でも……あたしの名誉の為にも、太一郎さんの名誉の為にも、一応言っておくと、あまりにも不審《ふしん》な電話が次々にかかってくるので、太一郎さん、あくまでボディガードとして、あたしの家にとまったのだ）あたしが、昨日のできごとをかいつまんで事務所のみんなに話したところ、水沢所長は、こう言うと呆然と口をあけた。

「何なんだって……も……正直言って、全然訳判んないです」

　あたし、麻子さんのいれてくれた猫舌用コーヒーを飲みながら、ため息をつく。

「それに、安川さんっていう人も、どんな人なんだかまったく判らなくて。最初、娘さんがいる夫婦なのかと思ったら、バーの女の人が安川家に女がいるって誤解して怒るし、娘さんかと思った信乃さんって人も、どうも娘じゃないみたいだし、そうかと思うと何かの秘密結社のアジトみたいだし……」

「ま、一つ判ったことがあるよ、あゆみちゃんが、安川なる謎の人物ってどんな人だろうなって考える必要は、まったく、ないってこと」

「へ？」

「そばにいたんならそのくらい判っただろうが、太一郎。何で説明してやらないんだ」

って、所長に言われて、太一郎さん、肩をすくめて。

「あのね、あゆみ。あれ、全部、間違い電話をよそおった、いたずら電話なの。もっとはっきり言っちゃうと、ある一人の女とある一人の男が、共謀《きょうぼう》してやってるだけ。でね、同じ設定で、同じ女と男が、一日に合計七十二回も間違い電話かけたら、誰が聞いても、それ、間違い電話じゃなくていやがらせ電話だっていうことになるだろ。で——まあ——何でだか、そのいやがらせ電話の主、あれはあくまで間違い電話だってことにしておきたいらしくて、で、あんなお芝居したの」

「え……じゃ……お芝居って、あの信乃って言った人も、次の子供も、バーのホステスさんも、市役所の住民課だって言った女の人も、安川さんの孫だって言った子供も、英会話の教材のセールスだって人も……とにかくあの女の人、全部、同じ人なの？」

……信じられない。だって……ま、女であり、どっちかっていえば高い声だっていう共通点はあったけど……しゃべり方の癖も、声音も、全然違ったじゃない。

「一応、心得さえあれば、声色くらい使えるだろ。……っても、ま、あの女、たいしてそういう練習もつんでいないらしくて、全部で五パターンくらいの声しかだせなかったけど。彼女、必死になって五つの声を使いわけて、いろんな役がら演じてたんだぜ。……そういう意味では、男の方は、結構、うまかった」

「男も……一人、だったの？」

……こっちの方が、もっと信じられないよお。だって、男の人の声って、毎回、全然違ったじゃない。

「多分、女の方が、俺と鬼ごっこして遊んだ女の子で、男の方が、あんたの左手を壊したじいさんだろう。……っってもまあ、あの程度の年で、じいさんなんて言われたらたまらんだろうが……」

……え？　今……太一郎さん、妙な言い方しなかった？　いかにも……あのおじいさんが、誰であるのか知っているかのような……。

「何回か、男の方の声を聞いているうちにピンときたんだ。それに……あいつ、また例によって例の如く、たとえどれだけ声音をつかおうとも、必要最低限以上のことはしゃべろうとはしなかったし……」

え……へ？　また例によって例の如く、必要最低限以上のことはしゃべろうとはしなかった……？　それって……そんな風に太一郎さんに言われる人って……あたし、一人だけ心あたりがあるような気がする。

「それに、ま、あいつなら……言っちゃ何だが、この太一郎さんを相手にまわして、そこその処まではいけるかも知れないし」

そこそこの処までいけるかも知れない、ですって？　もし……もし、あたしが今、心の中に描いている人が、あのおじいさんだったら……あたしの知ってる限りで、太一郎さんをいいようにあしらった（ま、あの時はあたしっていう足手まといがいたせいだろうけど）、唯一の人じゃない！

あの人――黒木《くろき》さんの髪をまっ白にする。ひげをはやす。顔にしわをつけ、雰囲気を多少じじむさくする。と……そこに出現したのは、確かに、あの、おじいさんっ！

「く……黒木さん？　あの、黒木浩介《こうすけ》って人？　ど……どうしてあの人が？　じゃ、あたしに逆恨みしてるのって、『通りすがりのレイディ』事件のティディアの粉の一派じゃなくて、『星へ行く船』事件の王弟派の残党なの!?」

「そうだ……って言ってやりたいけど、違う。あの事件で、黒木は、王弟派の依頼がおわったあとで山仲《やまなか》を助けようとした。あれにより、少なくとも王弟派と黒木の間は、決裂した筈だ。

それに、あの間違い電話だかいたずら電話だかは、いたずら電話することによってあゆみに意地悪をしようっていう以外に、もう一つ、明確な目的があっただろ。安川――それも、安川信乃っていう名前を印象づけようっていう」

「じゃ、やっぱりあの安川さんの関係者な訳、あたしを逆恨みしているのは？　でも……なら……何で、ああしつこく、安川安川って連発しなきゃいけないの？　もし、本当に、安川さんの関係者があたしのこと逆恨みしてて、で、何かあたしに仇討してやろうと思っているんなら、あんな変な手紙よこしたり、安川名義の間違い電話じゃんじゃんかけたりしないで、あたしが油断している処にいきなり何かしかけてくりゃ、いいじゃない」

「実にまったくそのとおりなんだ……」

こう言うと太一郎さん、うわむいて、くじらの潮吹きみたいに、ぷっと煙草のけむりを吹きあげる。

「そこんとこだけが、どうしても理解できないし、想像を絶してる。……あゆみに悪意を持ってる連中、一体全体何考えてるんだろう……」

つって、太一郎さんが吸いかけの煙草を灰皿におしつけて消し、そのあとソファにくずれるようにすわって考えこんでしまい、所長もずっと椅子にすわったまま考えこみ、麻子さんも台所でトレイを抱きかかえたまま考えこみ、中谷君もめずらしく机にほおづえついて考えこみ、熊さん一人、いつもと変わらず、ぼんやりと中空の一点をながめていると。みんなに考えこまれている対象のあたしも、珍しくちょっと考えこんでしまって。

事務所は、完全なる静寂《せいじゃく》に包みこまれた――。

☆

一体全体みんなしてどれだけ考えこんだあとだったろう。うちの事務所って、どっちかっていうとやたらおしゃべりな人がそろっているので、その静寂、一時間にも二時間にも感じられたんだけど、実質二十分くらいたった時かな、ふいにドア・チャイムの音がしたのだ。で、まあ、例によって例の如く、接客係の麻子さんが立ちあがり、所長、麻子さんにウインク。今、ちょっとうちの事務所とりこんでるから、余程おもしろそうな事件以外、ひきうけるなよって意味。

麻子さん一人が玄関へ出て――そして、いつも、断るならものの一分もかけない麻子さん、何故か玄関で三分近くも押し問答して。それから、しばらくの間《ま》、そして、次にあたし達の前に姿を現した時、麻子さんは、何とも困惑しきった表情をしていたのだ。

「どうしたんだ、麻子。えらく時間がかかったじゃないか」

と、麻子さん、まだ困惑している顔つきで所長とあたしの方を見、眉をひそめて。

「それが……今、一応、応接に通してあるんです。所長でも、太一郎さんでも、あゆみちゃんでも、誰でもいいから、ちょっと話を聞いてあげた方がいいんじゃないかしら……」

「何だ、そんなに面白そうな依頼なのか？」

「ううん、そもそもどんな依頼なのかは、あゆみちゃんか太一郎さんにじゃないと、話さないって言ってるんです。すべての依頼は、あたくしがまず聞いて、判断してからじゃないと通せないシステムだって言っても、がんとして言ってくれなくて」

おやおや。最近、時々こういう依頼があるんだ。何てったって太一郎さんは本当の腕ききだし、あたしは『通りすがりのレイディ』事件で妙に名を売っちゃったしで、こうやって名指しで依頼人が来ることがあるの。でも……いつもだったらそのパターンの依頼、とにかくあたくしに話してからでなければ、事務所として受けられませんって、ばしって麻子さん、断ってしまう筈なんだけど。

「ただ……その……ね、依頼人の名前がね……ちょっと、いつもみたいにばしって言っていいのかなってものだったんで……」

「何だよ麻ちゃん、広明みたいなしゃべり方すんなよ」

って太一郎さんが茶々をいれたのは、そういう、もってまわった言い方って、中谷君の専売特許だからなんだよね。

「ん……じゃ、はっきり言っちゃうと……依頼人、安川信乃さんっておっしゃるの……」

時が時、名前が名前だったもので。

この名前を聞いた瞬間、あたしも太一郎さんも中谷君も、思わず応接室へむかって駆けだしてしまった。で、続いてせいぜいゆとりを見せてのんびりと所長、こっちは本気でのんびりと熊さん、ラスト、人数分のお茶をいれた麻子さんが応接室へやってきて。三人がけのソファと椅子二つしかない応接室、いつにないラッシュになってしまった。
二十一、二、ひょっとして、三。
まっ先に応接室にとびこんだものだからまっ先に落ちついて、あたし安川信乃さんを観察できた。
年の頃はそれくらい——ということは、あたしと同い年か、ちょっと年上——まっ黒のゆたかな、昔風に言うとみどりの黒髪が腰近くまである。どっちかというと小柄で——あたしより、ちょっと小さいかな——、細面《ほそおもて》。目は一重で、口は小さく……うーん、何ていうのか、伝統的な日本女性っていう感じの造作《ぞうさく》。
ただ——ま、言っちゃ何ですが、彼女の顔を一目見たとたん、あたし、一種の落胆を感じるのを禁じ得なかったのだ。だって、ま、安川信乃って言えば、ひょっとしてひょっとしたら太一郎さんを誘い出した女の子なのかな、あの間違い電話の主なのかな、あからさまにそうではなくてもその関係者なのかなって思ってきたでしょ、でも――彼女、どうしてもそういう人には見えなかったんだもの。

よい意味にしろ悪い意味にしろ、何か生気にとぼしいの。たとえば、レイディやまりかちゃんみたいな、さあこれから事をおこしてやるぞっていう、みなぎるエナジイは全然感じられないし、かといって、人を逆恨みし、勝手に恨みはらさでおくものかって思いつめちゃっている、暗い、マイナスのエナジイも感じられない。

うん、よくも悪くも、まったく普通の女の子、それ以外の何者にも、見えない。

「安川……信乃さん、でしたっけ」

こう言いながらちらっとあたりを見回すと、所長も中谷君も、何だかちょっと拍子抜けっていう顔をしていて、あたし、一層、自分の見立てに自信を持つ。

「はい……どうも」

で、また、信乃さんの方も、まったくあたしの期待を裏切らない、ごく普通――よりは、もうちょっと内向的に、わずかに伏せ目がちに、返事をする。

「あたしが森村あゆみです。で……何ですか、あたしに依頼したいことって」

「……あの……」

信乃さん、ちょっとためらって、一瞬あげかけた視線を次の瞬間、またおろす。あ、こういう表情、判っちゃうんだ。

「あの、まわりにいる人達なら、大丈夫です、気にしないで。みんな信頼できる人――というよりは、みんな、事務所の仲間なんです。だから、あなたがあたしに話したことって、仕事の関係上、どうしたってこの人達は知ることになるし、もし、あなたが絶対人に言って欲しくないって思っている用件なら、ここにいる人達は、絶対、誰一人としてそれをもらしたりしません。あなたがあたしを信用してくれて、で、あたしに何か仕事をたのみたいのなら、あなたはこの人達も信用してくれなくっちゃいけないし、もし、どうしてもこの人達に信用がおけないっていうんなら、あたしのことも信用しちゃいけないわ」

自分で言うのも何だけど、ここの処あたし、小さな事件は結構自分一人の力で解決してきたし、その実績が自信となって、こういうあたり、本当に手慣れてしまった。

それから。安川信乃さん、一回、二回、顔をあげ、また伏せて……やっと、意を決したかのように、しゃべりだす。

「あの……お願いしたいのは、ボディガードなんです」

「ボディガード……あなたの?」

思わずこう聞き直してしまったのは、目前の信乃さんと、ボディガードっていう言葉が、まったく結びついてくれなかったから。こんな、どっちかっていうと気の弱そうな、外向的と言うよりは絶対内向的、ついでにどう見ても何かっていうと人に遠慮してしまいそうなタイプの女の子の……ボディガード？　彼女みたいな女の子が、ボディガードをやとわなきゃいけない——言いかえれば、そんなあぶない目にあうだなんてこと、ちょっと、信じられなかった。

「あ、いえ、あたしじゃないんです、あたしじゃ」

あたしの困惑がよっぽどストレートに伝わってしまったのか、信乃さん、ほおをぽっと桜色に染めて言う。（うーん……自分で言っといて何ですが、ほおをぽっと桜色に染める、とは、また、妙にちょっと前の少女小説的言いまわしですな。でも……実際、そういう雰囲気の女の子だったんだもの、彼女。）

「あたしの……知りあいの方なんです、ボディガードを頼みたいのは」

うん、まあ、信乃さん本人が、誰かに狙われてて、で、ボディガードをしてもらいたいっていうのより、信乃さんの友達が誰かに狙われているって思う方が、確かによっぽどすっきり納得できる。でも……一方では、それもまた、妙な話なのよね。狙われているのが誰にせよ、信乃さんよりは外向的な人だと思うの。（信乃さんより内向的な人が、ボディガードが必要だなんて……それこそ、彼女がボディガードを必要とする以上に、おかしいもんね。）だとしたら、何だって、本人、もしくは本人の保護者的立場の人が来ないで、信乃さんが来るんだろう。

でも……あ、待てよ、そういえば一つだけ可能性、あるな。

「その狙われている人って、あなたの妹さんとか……」

何らかの意味で、狙われている人が、信乃さんから見て守ってあげなきゃいけない立場——

目下の人なら、そういうことも、あるかも知れない。

「いえ……血縁関係の人じゃ、ないんです。あたしより二つ年上の……何ていうか、明るくって元気のある人で……」

二つ年上。目上の人かあ。あ、まてよ、そういえば可能性って、もう一つあるんじゃないかしら。狙われている人が、信乃さんの恋人、ないしは、それに近い関係の人で、本人はなまじ自信持ってて、ボディガードなんか必要ないって言ってるってケース。で、信乃さんが心配のあまり……。

なんて、ま、こっちがいろいろボディガードをされる人の身分を推測するよりは、もっとてっとりばやく、具体的なことを聞いちゃえばいいんだよね。

「で、そのボディガードを必要としている人って、どんな人なの？　誰に狙われてるの？」

「彼女、自分が誰かに狙われているだなんて、これっぽっちも思っていない筈なんです」

ところが信乃さんも、あがっているのか、具体的なことを一切言わず、こんな風に話を続ける。……恋人ってセンも、ボツだな、これじゃ。

「だってそれも無理のない――ほんっとに無理のない話で、彼女が狙われるのって、まったくの逆恨みなんですもの」

逆恨み。

急に何か、最近やたらと聞きおぼえのある言葉がでてきちゃって、あたし、一瞬、どきっとする。

「でも……逆恨みじゃなくても、あるいは、気がつかないかも知れませんね。……その人って、本当に素直で一直線な人だから……それに、言っちゃ何だけど、あんまりこまやかな神経使うタイプじゃないから……ひょっとしたら、正当な理由があって人から恨まれてても、気がつかないかも知れない」

……あれ？

何だろう。

その信乃さんの台詞を聞いて、あたしの心の中に、ちょっと言葉では表現しにくいような感じの、一種、違和感みたいなものが発生したのだ。違和感——うん、変。

信乃さんの口調は、本当に優し気で、その、ボディガードが必要な人のことを、真剣に思いやっているものだった。声音だって、言っちゃ何だけどあんまりこまやかな神経云々《うんぬん》って台詞だって、勿論、ボディガードが必要な人を莫迦にした言葉じゃない、太一郎さんがよくあたしに言う、『この莫迦』っていうのと同じ、愛情のこもった言い方。

でも。顔が、違うのだ。

あの台詞を言いだした時から、信乃さんの顔、微妙に変化しだしていた。ま、そりゃ勿論、顔の造作それ自体は変わっちゃいないんだけど、印象が。

まず、目。

一重まぶたの下にある、今までどっちかというと、おどおどと、視線が定まっていなかった瞳が、急にすわった。その瞳には、もはや、〃おどおど〃とした雰囲気も〃内向的だな〃って雰囲気もなく――そのかわり、何だか、内に秘めた狂暴な何かがあるみたいな感じ。

そして。紅もぬっていない、そのくせ妙に人目をひく唇が――唇の端が、ほんのわずか、余程注意して見なければ判らない程わずか、つりあがる。

たった、それだけのことで。信乃さんのイメージって、おそろしい程前と違ってきてしまい――声の調子とは裏腹に、信乃さん、ボディガードを必要としている人を、あざわらっているかのような感じになってしまったのだ。

そして。

「本当、言っちゃ何だけど、甘い人なんです、彼女。ま……まわりの環境がいいのね、悪い人じゃ勿論《もちろん》ないんだけど、まわり中からぬくぬく甘やかされて……。そんなこんなで、悪い人じゃないんだろうけど、とっても傲慢《ごうまん》になっているような気がする。自分のものでもない腕を、あたかも自分の能力であるかのように思い違いして、てんぐになって……」

信乃さんの台詞。顔の表情にあわせてか、どんどんどんどん声からあたたか味が抜けていってしまう。まるっきり――何だか――その、ボディガードが必要な人に、逆恨みをしているのは、信乃さん本人だ、とでもいうような具合に。

そして。声の変化と共に、いつの間にか完全に、きっと睨みつけるようなものに変わってきた彼女の瞳は――まっすぐに、あたしを、みつめていた。

☆

うん。

間違いない。

何か、信乃さんが、あまりにも露骨に、あまりにもあからさまに、完全にあたしに目を据えて、完全にあたしを睨むので――あたしは、つい、あたしの背後に誰か立ってるんじゃないかって錯覚をおこしてしまい、思わずふり返って確認したのだけれど、案の定、あたしのうしろには、誰も人なんか立っていなかった。ということは、つまり、信乃さんが睨んでいたのは、あたしだということになる。

それに。

自分のものでもない腕を。

腕には、肩の先からついている手、動物でいう処の前足っていう意味以外にも、才能とか、能力って意味もあるのだから、あるいは関係ない、偶然の一致なのかも知れないけど――あたしには、確かに、自分のものではない腕がある。（ま、今はとりはずしてるんだし、いつまた使用可能になるかまったく判らない状態なんだから、あった、と言う方が正確かな。）

その上おまけに、ま、自分で言うのも何だけど、確かにあたし、素直で一直線で、こまやかな神経を使うタイプではなく、甘い人間で、まわりの環境にめぐまれている。(ま……本人はまったくそう思わないけど、ひょっとしてひょっとすると、傲慢で、てんぐになっているように見えるかも知れない。)

でも。けど。まさか、ね。

いくら信乃さんが言う人物があたしに似てるからって……いくら信乃さんが、もう疑いようもない、あたしを睨んでるからって……そんなことは、ないよね? だって、それじゃあまりにも、意味が通らないもの。信乃さんがあたしにあたしのボディガードを依頼するっていうのも、まったく訳判んない話だし、大体が、何だってあたし、見知らぬ女の子にボディガードの必要があるだなんて言われなきゃなんないのよ。

それに。あ、そうそう、思い出した、確か信乃さん、ボディガードが必要な人のこと、自分より二つ年上だって言ったじゃない。信乃さんは、どう見てもあたしと同い年か、ちょっと年上なんだから——うん、何で信乃さんがあたしを睨むのか、そこの処だけ意味不明だけど、ボディガードが必要な人って、あたしじゃないことだけは確かだ、うん。

なんて、あたしが一人で、一所懸命自分で自分を納得させている間に、うちの事務所の他の連中が何をしていたかというと。どういう訳か、全員が一斉に、それもてんでんばらばらに動きだしていて——いつの間にか、応接室の中の人物の位置関係、先刻までとはまるで違ってきてしまったのである。

まず。いつの間にか中谷君が、すっと応接室から出ていってしまった。

そして、それと呼吸をあわせるようにして、太一郎さんが、あたしの左なな め前方すぐの処へ移動してくる。今、あたし、左手がない状態だから、どうしても不安定になる左側をフォローするって感じで。まるで——信乃さんから、あたしを、かばうように。

それから、麻子さんが、まだ誰も手をつけていないお茶を、すっとトレイにのせてしまい、どういう訳かお茶ごと応接室から出て行ってしまう。

熊さんは、のろのろと信乃さんの方へ近づき——ま、これを若い男がやったら、ずうずうしい以外の何物にも見えない行為でしょうな——来客用のソファに信乃さんと並んで腰かけ、いつでも信乃さんの右手を優しく握れる位置関係についた。

そして、最後に。くわえ煙草のまま、所長が立ちあがり——一回立ちあがった所長、御丁寧にも一回かがんで、くわえていた煙草を灰皿におしつけて消した。(こういうことをやるくらいなら、最初っから煙草消して、しかるがのちに立ちあがればいいのに……。)

「安川さん」

それから所長、何だか妙に困ったような表情を作り、信乃さんに話しかける。同時に、口を開きかけた熊さんに、ちょっと待てっていう合図を送って。

「これはその……宣戦布告だと……思っていいのかな?」

宣戦布告って……あの、ちょっと。

応接室にいた人達みんな、所長のこの台詞を何の疑問もなしにうけいれたみたいで、あたし一人、何だか取り残されたような気分で、あたりをきょときょとと見まわす。あたし一人、意味が判んないまま——ううん、もういいや、自分で自分をごまかすのは、やめよう。

こうなっちゃったら、事態は、もうとりつくろいようがない程に、明白なのだ。

信乃さんは——何せ名字が安川なんだもの——あの、『通りすがりのレイディ』事件の安川さんの関係者。でもって、信乃さんこそが、あんな手紙をくれたり、執念深い間違い電話をよこした張本人。あたしに、逆恨みをしている、まさにその人。

そして。そんな信乃さんが、あたしに、あたしのボディガードを依頼する。その意味する処は一つで——さあ、これから私、あなたに復讐をするわよ、自分で自分の身が守れるなら守ってごらんなさいよってこと。つまり、あたしに宣戦布告をしたっていうか、挑戦状をたたきつけたってこと。

「そうとられて……ま、間違いは、あまりないでしょうね」

そして。もうすっかり、自分で自分の化けの皮をはいでしまった信乃さん、ゆっくり笑ってこう言う。それから——おそらくは、こういう台詞を予期していて、信乃さんを、『それは逆恨みというものだよ、そういうことをしちゃいけないよ』って説得しようとして待ちかまえていた、熊さんの手を、さり気なく避ける。のと同時に、ちょっと小莫迦にしたような笑いを太一郎さんの方へ向けて。

「でも、ちょっと待ってね山崎さん。あたしは、あなたの思っているような――よりによって、事務所の中で宣戦布告をしてしまった、とんで火にいる夏の虫なんかじゃないし……それに、熊谷さん、あなたに言われなくても、自分のやっていることがどのくらい莫迦な、俗に言う逆恨みなのかってことくらい、判っているわ」

それから。一体全体何がおかしいのか、喉の奥でくつくつ笑って。

「中谷さん、だったかしら、何も調べに行かなくたって、一言あたしに聞いてくれれば、あたしの経歴くらいすぐ教えてあげたんだし、田崎《たざき》さん――あ、今は水沢さんか、あの人も、莫迦よね。あたし、ここで大たちまわりなんかする気ないんだから、何もあせってお茶の道具、下げなくたっていいのに」

……驚いた。何てことだ。何て人だ。

この人……まさに敵陣にのりこんできた、そのほんの一瞬で、見事に全員の性格、のみこんじゃってるっ！

「それだけ頭がいいんなら」

熊さんもあたしもぎょっとして黙り、太一郎さんが凄い顔で信乃さんを睨んでいる中で、一人だけ、のほほんと、所長、台詞を続ける。

「逆恨みっていうのが、どのくらい莫迦げたことか、判るんじゃないかな？」

「ええ。頭では、判るわ」

所長と同じくらい落ち着いて、信乃さん、こうやり返す。

「でも、頭で判ることと、感情とは、まったく違うでしょ？　水沢さん、あなただって莫迦じゃないなら、このくらいのことはお判りよね」

「ああ。じゃ、莫迦じゃない上にうちの所員の性格まで知ってる安川さん、君、これからどうするつもりなんだ？　御存知のようにうちの事務所には、ことあゆみちゃんがからむと完全に莫迦になっちまう、大変危険な男が一人ばかりいるんだがね」

「莫迦じゃない上に、一応この事務所の所長さんなら、水沢さん、あなたが何とか山崎さんのたづなをとっててくれるでしょ？　御存知のように、あたしは森村さんに何の危害も加えてないし、これからも危害を加えるつもりはないの。だとしたら、そんなあたしに山崎さんの方が先に手を出したら、世間常識として、罪があるのはどっちだっていうことになるのかしらね」

……ぐええ、やだやだ。あたし、も、ついてゆけなあい。頭がいい人って、その気になればこんな陰険な会話ができるのお？

と。どうやらあたしと同じく、こんな陰険な会話の応酬についてゆけなくなったらしい――何だかんだ言っても、あたしと同じで根は単純なんだ――太一郎さんが、おっそろしくぶっきら棒な声でこう言った。

「何が危害を加える気はない、だ。人の家におしかけて宣戦布告までして、それで危害を加える気がない、だなんて御託《ごたく》が通用すると思うのかよ」

「あら、そうかしら。……じゃ、あなたにも——それに、森村さん、あなたに特に——よく判るよう、言いなおしてあげるわね。あたしは、森村あゆみの、肉体にも財産にも一切傷をつけず、それでいて徹底的に彼女を傷つけてみせるわ。……これならどう？　彼女に肉体的な危害を加えず、彼女の財産にも手をださなかったら、たとえあたしがどんなに彼女を傷つけたって、それって、現行の法律じゃ、罪にならないと思うわ」

「なっ」

何言ってんのよお、そんな器用なことできる訳ないじゃないよおって叫ぼうとして——で、ふいに、あたし、つまった。

あの手紙。

確かにあの手紙で、あたしは目一杯傷ついたけど、あれは別に中傷でも誹謗《ひぼう》でもない訳だし（だって、信乃さんの様子見ている限りじゃ、どう考えたってあれって単に本当のことだもんね）、確かに現行の法律じゃ、あんなのとりしまれっこない。（だって、法律で、誰かが誰かを嫌うのをとりしまるなんて……できる訳ないじゃないかあっ！）

「でも……そうすると……」

同じことに気がついたのか、かなり呆然と太一郎さん。

「肉体にも、財産にも手を出さないってことは……その……あんたこれから、あゆみに対して単なるいやがらせをするぞってわざわざ宣戦布告に来たのか？」

……だって、そういうことになっちゃうよね、信乃さんの言うことを信じれば。でも……まさかそんな、ま、言っちゃえば暇なことを……黒木さんまで使って……あ？

あ、そういえば。あたし、間違いなく彼女から財産的な被害うけたぞ。あたしの腕、あれ、壊したじゃないかあ。

と、またも信乃さん、そんなあたしの思いを見透かしたのか、にやっと笑って。

「あなたの腕の件に関しては、何も申しひらきをする気はないわ。あなたが、もし、腕の件を警察に訴えるならば、あたし、喜んで罪に服しましょう」

……？　だってその……あたしの腕を壊したのは信乃さんと組んでる黒木さんだって言うの、心証的には果てしなくクロだけど……今のとこ、何の物証も、もっと言っちゃえば状況証拠さえ、ないんだぞ。黙ってれば腕の件に関しては、彼女、どこまでだってシラをきれる筈なのに……それがどうして、こんなにあっさりと、自白しちゃうの？

「ただし、あなたにあの件を警察に訴え出るだけの覚悟があれば、ね」

こういうと信乃さん、何故か妙に自信たっぷりに、にやっと笑う。

「警察へ行けば、当然、証拠として腕を見せなきゃいけないでしょう。あたしのやったのは、多分器物破損だっていうことになるんだから、当然、壊された腕がどのくらいの価格のものだか、調べられるでしょうね」

「あっ！」

信乃さんがここまで言った時、ふいに所長が小さく叫んで——所長、そのまま、うめくようにして椅子にすわりこんでしまう。

「そうだ、駄目だ。あの腕はいくら壊されようとも訴え出る訳にはいかない……」

「ええ⁉ どうしてですか」

「んなことしたら税務署が黙ってないよ。で、間違いない、あゆみちゃん、あんたは破産だ」

「どうして」

「まず、あゆみちゃんがあの腕を買ったってことは、絶対ないよな。あゆみちゃんの収入で買えるもんじゃないんだから。とするともらったってことになる訳で……あんな高価なもんの贈与税、あゆみちゃんに払える訳がない」

「だってあれ、贈与じゃなくて、いわば賠償《ばいしょう》じゃないか。あの事件のせいであゆみは腕をなくしたんだ」

太一郎さんが慌てて口をはさむと、所長、情けなさそうに首を振って。

「だからって何で真樹ちゃんがその腕を賠償しなくちゃいけないって理屈になるんだ。あの状況から考えて、賠償責任があるのは……」

「父の筈でしょう」

信乃さん、こう言うとにやっと笑う。父——ってことは、やっぱ信乃さん、あの安川さんの娘さんか。

「何でしたらうちへ賠償金を請求してくれたっていいですよ。安川家はとっくに破産して一家離散《りさん》してるし、親類縁者からは、全員、縁切られてますから。もう存在しない家にどうぞいくらでも請求書、送って下さいな」

その口調はとっても皮肉っぽくていや味なもので――あたし、それを聞いてるだけでもたまらなく嫌だったし……それに。

とっくに破産して、一家離散して、親類縁者から縁を切られてる。

この言葉が――自分でも、信じられないくらい、ショックで重かった。

そりゃ確かに、安川さんは前の事件でずいぶんひどいことをした。死刑になったって当然だし、あたし、安川さんが死刑になったからって、ちっとも哀しがってあげる気なんかない。

でも。それとこれとは、意味が違うのだ。安川さんがどんなにひどいことをしたからっていって、安川家の、安川さんが犯した罪とは関係のない、奥さんだの親だの兄弟だのが、一家離散しちゃったり、親類から縁切られちゃったり、それは絶対、あっちゃいけないことなんだ。

でも。けど。

あたし。『通りすがりのレイディ』事件を解決する為に、TVなんか使っちゃった。日本人の、なにわ節が好きな、お涙ちょうだい式のものに弱い精神構造使っちゃった。人間の、理性じゃなくて、感情に、安川さんはこんなひどいことをした一味なんだって訴えちゃった。

そんなことしたら。

そんなことしたら、こうなるのは判っていた筈なんだ。TVを見ていた人達、その話を聞いた人達は、理性じゃなくて、感情的に、安川っていうのはひどい男だって思いこむ。そんなことになったら——安川さんの家族、当然近所からすさまじい村八分にされ、全然関係のない人にまで、「これがあの安川の家族か」って白い眼で見られ、親類だの知りあいだのからは、「うちとは関係がないことにしてちょうだい」なんて言われ……そうなることは、当然、判っていた筈なんだ。

あのTV放送の日から。

安川さんの家族は、もうそれまでとは同じ家に、とてもじゃないけど住んでいられなくなり、あの安川さんの家族親族だっていうだけで、今までの職場にはとてもいられなくなり、学校にだってそのまま通うことなんかできなくなり……。

安川さんが、たとえどんなに悪いことをしたからって……その家族まで、罰をうける必要なんかないのに……あたしが、下手にTVで人の感情なんかに訴えちゃったせいで……。

「あんた達が地球でどんな悲惨な目にあったかはおおよそ推測がつく。それに関しては、可哀想だと思わないこともない。だけど……それなら、恨む相手を、完全に間違ってないか？　恨むんなら自分の父親を恨めよ。あゆみには、関係のないことだ」

一家離散だの親類から縁を切られただのって単語を聞いたせいか、いくぶん優しい声音になって、太一郎さん、こう言う。でも信乃さん、そんな台詞をまったくうけつけずに。

「だから逆恨みだって、最初から言ってるでしょう」

って言うと、うすく笑って。

「これでもずいぶんあたし、おだやかになったんだから。最初のうちは――あの事件があってからしばらくは――あたし、森村あゆみと山崎太一郎と木谷《きたに》真樹子の三人は、絶対、この手で殺してやるつもりだった。完全な逆恨み、悪いのは父だって知っていたけど、でも、その三人だけは、絶対あたしが殺してやるつもりだった。おかげで、平凡で、どっちかっていうと内向的で、初対面の人とはろくに口もきけなかった高校生が、今じゃこうよ」

こ……高校生？ 信乃さんってあの時、まだ高校生だったの？ なら……彼女、今、まだ、未成年!?

「そうでもしなきゃ、父も、静夫《しずお》も、まったくうかばれないと思ってた――なんて、父はまだ、生きてるけどね、刑務所の中で」

「……静夫って……」

「あたしの弟。……ま、父の弁護をする気はまったくないのよ。たとえ、上からの命令でしょうがなくやっていたことにせよ、ティディアの粉の恩恵《おんけい》になんてまったくあずかれなかったにせよ、上の人が何やっているか知っていて、それで協力していた父の罪って消えるものじゃないし。けど、静夫がいたから、しょうがない、父はあの仕事をやめる訳にはいかなかったんだろうし……」

「あれは、誰がいたからやめる訳にはいかないって類《たぐい》の仕事とはとても思えないがね……」

なんて、途中で太一郎さんが茶々をいれたのを意にも介さず、これだけはどうしても言っておかずにおくものかっ！って調子で、信乃さん、台詞を続ける。

「生まれた時から山のような病気と異常を持ってて、平均二年に一回、生きるか死ぬかの大手術をしてる弟がいたから、父はあの仕事、やめられなかったんだと思うわ。何てったって完全に法律にふれる――人間としての道義にもとる仕事だもの、お給料は多分よかったんだろうし、実際、弟にはやたらとお金がかかったんだし。……それに、入院中の家族を持った、ほんのちょっとでも上の連中が何をやっているか知ってしまった秘書が、仕事やめます、はいそうですかってやめさせてもらえると思う？」

「……どういうこと？」

って、あたしがちょっと口をはさむと、信乃さん、信じられないっていう目であたしを見て。

「あなたがTVで放映したディスクとった職員がどうなったか知らないって訳じゃや、ないでしょ。ちょっとでもあの仕事にかんで、で、途中でやめますって言った人は、みんな殺されるに決まってるじゃない、莫迦ね。……何だっけ、秋田《あきた》何とかっていう、必死になって地球から逃げだした人にいたっては、もの凄い数の人をまきぞえにして、宇宙船の事故なんていう凄まじいものまでおこされて、殺されちゃったじゃない。……家族の一人が生まれてから殆どずっと入院中で、おまけに絶対安静の日々が続いている中で、上の方の秘密を知ってしまった、恐ろしい、私はやめますって言える人間が、一体全体本気で何人いると思ってんの?」

……う。それはまあ、何ていうのか完全に信乃さんの言うとおりなんで、あたし、黙る。

「でも……ま、父がつかまったのも、ひょっとすると死刑になるかも知れないのも、あたし、正直言ってもっともだと思うし、誰も逆恨みする気はないわ。何ていったって、いくら自分と自分の家族が可愛いからって、父のとった行動は絶対許されるものじゃないし……大体、おそらく父は、最初っからうしろ暗いことだってうすうす知っていながら一味に加わったんだろうってことは確かだし。だけど、静夫が死んだことだけは——たとえ、逆恨みにせよ何にせよ、恨まずにはいられない」

「静夫……さん……亡くなったって……」

「絶対安静の病人が病院から追い出されてごらんなさいよ。あんまりいいことはないから。……ま、さすがに、あの安川の子供は出ていけ、とまでひどいことは言われなかったけど、静夫にとっても、あたし達にとっても、病院の中にいるっていうの、精神的に耐えられるぎりぎり寸前だったし、父は刑務所、二人のおじは会社にいられなくなり、母やおばがパートに出ようにもどこもやとってくれず、あたしが学校やめたって勿論どこもやとってくれず、経済的にどうしようもなくなったって病院は支払いを待ってくれず、地球を出てもっと物価の安い星に移住しようにも静夫は絶対安静で、しょうがない、退院させて家で寝かせておけばおいたで、毎日石投げられて窓ガラスは割れ、中傷電話は日に五十本、門の前で毎晩毎晩、『人非人！』だの『犬畜生！』だのってどなりまくる人は一ダースくらい……安静とあれだけかけはなれた環境っていうのもめずらしいと思うわ」

……も、ここまで話を聞いちゃうと。

あたしは、うなだれることしか、できなかった。

そりゃ——そりゃ、確かに、あたしのせいじゃないのよ。それだけ安川さんがひどいことしてたってことなのよ。あたしを恨むのはまったくの筋違い、逆恨みであることは確かなのよ。

でも。

これじゃ……これじゃ、本当、逆恨みされてもしょうがないよお。静夫君って人も、信乃さんも、可哀想すぎるよお。静夫君が死んでから今まで、それこそ逆恨みでもしてなきゃ、とても信乃さんの精神、保てなかったと思っちゃうよお。

「それにね、あたし、もう一つ、完全に筋違いの逆恨みをしてるの。だから——何が何でも、森村あゆみの腕を壊さずにはいられなかった」

「……へ？」

「もし、あの時。もし、静夫の入院費が払えなくなった時。どんな物好きでもいい、どんな人でもいい、あなたの手の、その何十分の一かのお金を貸してくれれば……そうすれば静夫は……。なのに静夫には——命が問題だった静夫には、ついにそういう人はあらわれなくて……

なのに、森村あゆみったら、ある意味じゃもとの自分の手より何十倍も凄い手を、ひょいって人からもらってしまって……。何であんたばっかりそうぬくぬくと恵まれているのか、逆恨みだって絶対的に判っていても、でも恨まずにはいられなかった」

……駄目おし、だ。

……も、駄目だ。

あたし、勿論、恨まれるのなんて好きじゃないし、絶対人に恨まれたくなんてないけれど――でも、もう駄目。もう、しょうがない。認めてしまう。認めるしか、ない。

信乃さんがあたしを恨むのは、しょうがないことなんだ……。

「でもね」

と。

あたしが反発もせず、同情もせず、何かひたすらうなだれちゃったせいか、信乃さん、多少声のトーンを落として言う。

「あたし、これでもずいぶん、当時よりは落ち着いたのよ。もう今では、その三人のうち誰も殺そうとは思ってないし、そうひどい目にあわせようとも思ってない。ただ……今までの感情を、何が何でも整理する為に――あの事件が発生してから、そして静夫が死んでからのあたしの感情を整理する為に、まったくの逆恨みだけど、森村あゆみ、あんたを苛《いじ》めてやりたい。精神的に、やたら傷つけてやりたい。……ま、すでに物理的にあんたの腕を壊しちゃったから、今更この先、あんたに肉体的、財産的な危害を加えるつもりはないって言っても、もう信じてもらえないかも知れないけれど、でも、これは本当よ。あたしは正々堂々と、あんたをいびりまくってやる！　……と、まあ、こういう風な宣戦布告をしに来た訳」

「あ……はい」

自分でも、実にまあ、間の抜けた返事だと思う。でも——正直言って、他に何て言っていいのかまったく判らなかったんで、しょうがなくあたし、返事になっているのかなっていないのかまったく判らない返事をする。だってねえ、一旦《いったん》、信乃さんがあたしを恨むのはもっともだって思ってしまうと、逆恨みしてる、だから苛めるっていう宣言に——他に返事のしようがないじゃない。

と。あたしのこの返事が気にいらなかったのか——ま、無理もない——信乃さん、妙に白けた顔になって。

「あ、はい、じゃないでしょう、あ、はい、じゃ。あんた、あたしにこんなこと言われて、理不尽だ、腹が立つとか思わないの」

「ん……理不尽だ、とは、正直言って思ってる。でも……」

あたし、こう言いかけて——で、慌てて口をつぐむ。今、あたしうっかりと、『でも事情を考えると腹がたつとも言いにくいし……』って言っちゃう処だった。あー、危ない。

自分でも、もう何回も何回も、信乃さん、逆恨みだって口にしてた。逆恨みである、あたしが悪いんじゃないってことは、他の誰が言わなくても、信乃さん本人が一番よく知ってることなんだ。でも——それでも、いろいろ苦しいことがあったなかで、気を強く持って生きてゆく為には、あたしを恨まずにいられなかったんだ。

そんな人に。あたしを逆恨みすることで、やっとこ気力をささえてきたんであろう人に、この上、あたしが彼女に同情してるだなんて印象、あたえちゃいけないんだわ。それは絶対、いけないいんだわ。

だって。自分でも判って逆恨みしてる、その当の本人に同情されたら——そりゃ、信乃さん、惨《みじ》めよ。何か、あまりにも惨めよ。

で。

もう完璧に、何をどう言っていいのか判らなくなったあたしが、しょうがなしに黙っていると。それをどう解釈したのか、信乃さん、また、ちょっと前の不敵な表情に戻って。

「ついでに——挑戦がてら、もう一つだけ、忠告しとくわよ。あんたを逆恨みしてるのはあたしだけじゃ、ない」

「へ？ ……ってまさか、黒木さんまで……」

さあて。こっちは絶対、言いきれるぞ。たとえ黒木さんにどんな家庭の事情があろうと、あたしが彼に恨まれる筋合いは、ない。（って……まあ、恨まれる筋合いがないっていうんなら、信乃さんだってそうだけどさ。）

「……違うわよ。黒木氏は、あたしがお金でやとって、あんたへの意地悪を手伝ってもらっているだけ。……もう一人、あんたを逆恨みしている人が、あたし達とは別にいるの」

……まさか。村田さんの関係者とか……。

「どんな関係の誰か、なんて処までは、あたしが教えてあげる筋合いのものじゃないし、教えてあげる気もない。別にあんたがあたしの台詞を信じなくたって、ちっともかまわない。だけど、一応言っといてあげると、そっちは、本気で、あんたを殺す気だからね」

「誰が？　どうして信乃さん、そんなこと知ってるの」

「さあ。……あたしとしては、あんたがそいつに殺されちゃったって、それはそれでまったくかまわないんだけど、せっかく火星くんだりまでやってきたんだもの、あたしがこころゆくまであんたに意地悪をする前にあんたが死んじゃうと残念だから、たったそれだけの理由で教えてあげるんだもの、あとのことは自分で考えたら」

こう言い捨てると信乃さん、そのますっと立ちあがってしまう。

あたしはもう完全にどうしていいのか判らなくなっていたし、何とか信乃さんを説得して逆恨みをやめさせようとチャンスをうかがっていたらしい熊さんも、信乃さんの状態がああじゃ、さすがに説得のしようがないってあきらめたのか、そのままソファに坐っているし、所長は何故か必死になって太一郎さんをにらみつけているし（信乃さんがこっちに具体的な手をだしていない以上、太一郎さんの方から信乃さんに下手に手をださないよう、そうやって必死になって牽制《けんせい》しているらしい)、太一郎さんは所長ににらまれて、不機嫌そうな顔つきで、しょうがなくそこに立ちつくしているし。

結局、誰一人信乃さんをひきとめようって動作に出た人がいないものだから。

数秒後には、信乃さんの姿、事務所から消えてしまっていた——。

PART IV
逆恨みの……おじいさん

「実に何とも……どうしたもんだろうか……」

信乃さんの姿が消えてから二時間後。あたし達は――ううむ、こういうのは何て言うのかな、これが何かの事件の依頼だったら作戦会議っていうのかも知れないけれど、そういうもんじゃないんだし――とにかく何と呼んだらいいのか判らない会議を、開いていた。

(あ、何で信乃さんが帰った二時間もあとなのかっていうと、途中で太一郎さんがふらっと一時間半程どこかへ行ってしまったせいと、中谷君の資料調べに結構時間がかかったせい。)

「どうしたものだろうかって……所長……こりゃ、どうもこうもないんじゃないですか。あの安川君って子が、もうちょっと冷静になって頭がひえるのを待つ以外は……」

って、日頃のほほんとした楽天家の割には、何とも先行きの暗いことを、熊さんが言う。

「でも……落ち着くのを待つも何も、もうあの事件から一年以上たってる訳でしょ。落ち着くくらいならとっくに落ち着いているんじゃないかしら」

と、麻子さんも見通しの暗い台詞。

「ま……先に事実関係から言っちゃうと、あの安川信乃って女の話は、百パーセント、真実でした」

中谷君一人、何とかがんばって実のある発言をしてくれようと努力する。

「とはいうものの、その弟の死亡に関しては――ま、嘘じゃないんだけど――彼女の方も、多少被害者意識が強すぎますね。あの事件があかるみに出る半年以上前から、静夫君の入院費、かなりとどこおりがちだったようです。現に事件発覚の一週間程前から、入院費が払えないなら出てもらう、待ってくれっていう問答をずっとやってたらしいですから。ま、病院側も、事件を知って、渡りに船って感じで追い出しちゃったっていうのも、事実みたいですけど。それから……」

中谷君、ちょっと小首をかしげると。

「二人のおじ達は、事件発覚後二週間目と二十八日目に、あいついで夜逃げ同然に地球を出てます。一組目のおじ夫妻は――あ、子供はなしです――一回海王星《かいおうせい》に渡り、それから他星系移民に応募したようです。審査は一応パスして、そのあと半年の研修をうけて……今は、まだ、船の中です。二組目は、一回太陽系から出て――他人の名前を買ったようです。それ以降の消息は不明。こっちは子供が二人いましたけれど、どっちもまだ小学生になってませんね。で、さて問題の信乃さんとその母親なんですが……静夫君の死亡後、一回、この二人の消息まったくとぎれるんです。地球から出たのかどうかもはっきりしない——もっと言っちゃうと、正式には、彼らが地球を出たって書類、ないんです」

「は?」

「つってもね、非合法な手段を使って地球から出れば、そういう書類、なくてあたり前なんですけどね。早い話、山崎先輩だってあゆみだって、まだ書類上は地球にいることになってるでしょうが」

ああ、そうか。太一郎さんは知らないけど、あたしは、お兄ちゃんのパスポート使って地球から出ちゃったから……まだ、あたし、書類上は地球にいるんだ。

「ただ……えらく腑《ふ》におちないのはね……母親の方は、いまだに消息不明だから、まだいい——っていうか、判るんです。でも、信乃さんの方は……地球を出国したっていう書類がないのに、二週間程前、何故か正式に火星に入国してるんです……。こうやってちゃんと火星に入国の手続きをとるんなら、何も地球の出国手続きをごまかす必要もない筈だし、理由があって地球の出国手続きをごまかしたんなら、そのまま火星の手続きの方もごまかしちゃえばいいのに……どうも、やってることに一貫性がない」

本当、一貫性がないやってあたし一瞬思って——で、次の瞬間、そうでもないやって思いなおした。だって、ははは、落ち着いて考えてみれば、あたしも同じこと、してるんだ。地球出る時はお兄ちゃんの名前使ったくせに、火星にはいる時は、本名でちゃんと手続きしちゃったもんね。(何でこういい加減なことができるのかっていうと、宇宙――それも、辺境の方へ行けば行く程――は、まだ、地球程ちゃんと法体系もできてなきゃ、お役所もちゃんとできていないって処なんで、法の抜け道はごろごろあるわ、公文書を偽造するのを職業にしている人はざらざらいるわ、ずるしようと思ったら、いくらでも適当なことができる環境だからである。――だってさあ、開発最前線には、出入国管理所はおろか役所の一つもない、ひどい時には政治機構すらないって処がいっぱいあるのよ。そういう処をうろうろしている人に、ちゃんと法手続きをふんだ出入国カードを提示しろって要求する方が、どっちかっていうと無理だもんね――。)

「で――一応念の為調べてみたんですが、村田さんの関係者っていうのは、いないって言うべきか、いても判んないって言うべきか……。とにかく、戸籍上は、村田さんって天涯孤独です。親はとっくに死んじゃってるし、兄弟はなく、結婚歴もなく、子供もいません。ただ……あの人の商売を考えると、本名のまま仕事をやっていたとは思えないんで……仮に、どこかの時点で、天涯孤独の人間の戸籍を買っちゃったんだとすると、関係者がいる可能性も、ないとは言いきれません。それに、そういう書類上にあらわれない関係者――たとえば、恋人なんかは――いるのかいないのか、本人以外、誰も知らないでしょうし」

「それからね」

中谷君の報告がおわると、何ともうっとうしそうな声で、太一郎さんが口を開いた。

「あの信乃って女が、何が何でもあゆみに意地悪をしたいと思ってるっていうの——かけねなしの本気だった。あのあとちょっと、あの子の住所を調べてきたんだよね」

「えー！　太一郎さん、あんな短時間に彼女のアジトまで調べて来ちゃったのお!?　すごおい！　どうやって？」

なんてあたしが思わず驚きの叫びをあげると、太一郎さん、何故か、もっと仏頂面《ぶっちょうづら》になって。

「調べたなんて言えるもんじゃないんだ。応接室で、一目見た時から、あの信乃っていうのが昨日の女の子だってことは判ってたから、一応発信機のようなものをお持ち帰りいただいて、ちょっとそれを尾けてみたんだ。それから、あの子の住所を、アジトだなんて言わないで欲しい。アジトって言ったら、何か隠れ家みたいだろ。も、あれ、全然隠れ家じゃなくて、単なる住所だもの。表札だって、堂々と安川信乃っていうのだしてるし……それに大体、おそらく今晩か明日、彼女、あゆみの処へ引っ越しのあいさつに来るぜ」

「へ？」

「だって、あの子の住所って……おまえのアパートの、おまえの真上の部屋だもん。……おまえ、自分のアパートが何かのアジトだって、思える？」

あ……あ……あたしの上の部屋あ？　じゃ、信乃さんって、御近所さん？

「それからついでに黒木の住所もみつけた。結婚するまでれーこさんが住んでた部屋だ。ちゃんともう、黒木浩介って表札がでてる」

れーこさんの部屋ってことは……ひええ、黒木さん、あたしのお隣さん⁉

「ついでにもっとめんどくさいことまで判ってしまった。あの信乃って女、今日アパートに帰る前に、バイト一つ決めたんだよ。……ま、もうおそらくは察しがついているだろうけど……うちの事務所のビルの二階の定食屋のウェイトレス」

がーん。うちの事務所の連中が、一番しょっちゅうお昼と夕飯食べる処だあ。

「も、俺、たった一時間尾行しただけで嫌になってきた。あの信乃って女、何考えてんだ？本当にたかがあゆみにいやがらせする為だけにここまでやったとしたんなら……逆恨みがどうのこうのって前に、やっぱりあいつ、変質者だよ。あの根性は、並大抵じゃない。どう考えても、変質者だ」

で、まあ、この太一郎さんの報告を聞いて、あたしをはじめ、事務所のみんな、もうすっかり何だか気分的に疲れ果ててしまって。と、何だか最後のまとめ風に、所長がこう口を開いた。

「ま……その……安川信乃については、とりあえず、みんな気にしなくていいと思う。特にあゆみちゃんは――おそらく、何だかんだいやがらせはされるだろうけど――気にしなくて、いい。っていうか、気にしない方がいい。もし……その……信乃の動機が、本当に逆恨みのうっぷんばらしだったら……事前運動はやたら大げさだけど、信乃本人は、せいぜいいやがらせくらいのことしか、あゆみちゃんに対してしないだろうし……とにかくひとわたりいやがらせをすれば、あっちの気も済むだろうから」

ま、いやがらせをこれから毎日されるんだって思うと、それって決して嬉しいことじゃないんだけど、でも、信乃さんの気がそれで済むなら、ま、しょうがないな。あたし、そう思ってうなずく。と、麻子さんが。

「でも所長……それ、何か根拠があって言ってるんですか？　本当にあゆみちゃん……ただ、いやがらせされるだけで済むかしら」

「ま、それは大丈夫だと思う。そうじゃないなら――もし、いやがらせ以上のことをする気が、ほんのちょっとでも信乃にあるなら、ここまで、その、何ていうのか正々堂々とは挑戦してこないだろうし、住所もバイト先もそんなとこにしないよ」

「ん……それはそう思わないこともないんですけど……でも彼女、現にあゆみちゃんの腕を壊した訳だし」

「ま、それは心配しなくていいと思う」

所長が麻子さんに何か説明しようとするのを、脇から太一郎さんがかっさらって。

「あゆみの腕が壊れるまでは、具体的ないやがらせは、差し出し人不明の手紙だけだった。そのあとのやり口を考えると、あの手紙、何も差し出し人不明にしなくたって、安川信乃って名前をいれたってよかった筈なんだ。なのに名前がはいっていない。ということは」

「安川信乃は、まず、何はさておきあゆみちゃんの腕を壊したかったんだ。だから腕を壊すまでは、自分が誰であるか、とか、どういう人間であるか、とか、一切ふせていたかった。そして、腕を壊しおえてから、堂々と名乗りをあげた。……ってことは、逆から言うと、名乗りをあげた以上、この先は本人が言うように、あゆみちゃんに肉体的、財産的な害を加える気は、本当にないんだと思う。あの意味不明の間違い電話だって、いたずら電話だと犯罪になるから、芝居してまで莫迦気た間違い電話って格好にしておきたかったんだろうし……」

って、先刻言おうとした台詞を太一郎さんに横あいから奪われたのが口惜しかったのか、今度は所長が太一郎さんの台詞をひったくってこう言う。と、こちらはまたこちらで、やたらと負けず嫌いの太一郎さん、またまた所長の台詞を途中でひったくって。

「それにあの信乃って子が、あゆみに本当に危害を加えないよう、精一杯注意しているっていうのは、たった一つのことにさえ気がつきゃ、あきらかなんだ。あゆみの腕を壊した状況だよ。あゆみっていうのは、意外とドジっていうか抜けてるから、出社途中でも、仕事中にお茶飲んでる時でも、いつでもあの腕を壊すチャンスは、あったんだ。なのにあいつは、よりによってこの太一郎さんとのデート中、それも食事の最中に壊しやがった。……あゆみ、おまえ、この意味判るか?」

「……ううん」

「あいつは、あれで一応、おまえが大怪我をしないように気をつかっていたって言えば言えるんだよ。この太一郎さんとのデート中の出来事だ、ということは必ず俺が異常に気がついて、おまえが大事に至る前におまえの腕を何とかする、そう思ってわざわざ俺をおびき出してまで、ああいう状況を作ったんだ」

「それに」

何なんだ、もう、二人っとも妙な処子供っぽいな、台詞の途中で太一郎さんにまたもや台詞をひったくられた所長、執念深く再び太一郎さんから台詞をひったくり返す。

「食事中だったってことも、一応認めてやらなきゃな。……あゆみちゃん、太一郎から、腕の壊れ方の説明、聞いたろ？　壊れた腕で、ついうっかりいつもみたいに重たいものを持っていたら、肩や腰がどんなことになっていたか」

「ええ……」

「でね、わざと安川信乃は食事中を選んだんだと思うよ。食事中っつったら、まず持つものは、フォークやスプーン、せいぜい重くて中身がはいっているカップやお皿だろ？　そのくらいの重量のものなら、ま、うっかり持ったって、別段どうということはない」

……信乃さん。

あ、何てことだ。

あたし、感動してしまった。

あたしのこと、あきらかに逆恨みしていて、おまけにこれからいやがらせをするぞって宣言している人だっていうのに……何てことだ、彼女に対して怒るどころか感動してしまったよお。逆恨みの相手に対してそこまで気をつかってくれるだなんて……信乃さん、偉いっ！

「と、まあ以上の理由で――いやがらせされるのだけは、覚悟していなきゃいけないだろうけど――安川信乃については、それ程心配することはないと思う」

所長、ちょっと声のトーンをおとしてゆっくりと、あたしや麻子さんに対する結論みたいにこう言う。それから――どういう訳か、更に声のトーンをおとして、いかにも、これから一番大切なことを言うからよく聞いていろよって感じで。

「で――安川信乃本人についての問題は、これでいいとして――残る問題は、信乃が別れぎわに言った台詞だ。もう一人、そっちは本気であゆみちゃんを逆恨みして殺そうとしている奴がいるって奴。こっちの方はちょっと警戒がいるかも知れないな」

所長、こう言うと自分のテーブルの上をまさぐり、煙草の箱のおしりをちょこんと人差し指ではたいて、器用に煙草を一本、とりだした。そして、火をつけないままそれをくわえて、ほんのちょっと、眉根を寄せる。

「ま、あの台詞だってひょっとすると、安川信乃の新手《あらて》のいやがらせなのかも知れないけれど……一応、あゆみちゃん、あんた身辺にちょっと気をつけた方がいいかも知れないよ。何つったって、今のあんたはいつものあんたとは違う。あの左手がないんだから――何をする時にも、どんな状況になっても、まず、今の自分はかよわい女なんだって思って行動しなさいね」

なんて、一応会議のようなものが終わったあとは。事務所はいつもどおりの営業にもどり(所員の一人がいやがらせをされるかも知れないから仕事を休むって訳には、ま、いかないもんね)、その日の午後は、これといった騒動なしに終わっていった。(只一人、麻子さんだけが——何せ、なしくずしに終わってしまったとはいえ、この間までストやってたんだもんね——、たまりにたまったデスク・ワークの処理におおわらわだったけど。)

そして、まあ、退社時刻が来れば、今のとこれといって、事務所全員でとりかからなくちゃいけない仕事がある訳でなし、あたし達は、三々五々(……と言える程の人数がいないけど)、用事が済んだ人から退社しだして。

あたしも、六時ちょっとすぎに、一人でアパートへの道を歩きだした——。

☆

火星は、車が走る一般道路があまりなく、そのかわり、やたらメトロとムービング・ロードばかりが発達している星である、と言える。

何て言ったって、火星は、全宇宙の中でもきわめてまれな（多分、火星と月だけだと思う）、人口が増え、人が集まって、で、都市ができたって星じゃない、最初っから、ここところを都市にしようって計画をたて、まだ移民がほとんどいない時代に、都市だけきちんと作ってしまったっていう、めずらしいタイプの星でしょう。だからそもそも、移民団が大挙《たいきょ》してやってきた時には、都市部のほとんどの道はおおむねムービング・ロードになってたし、都市の下は、それこそ必要以上に縦横無尽《じゅうおうむじん》に地下鉄が走ってた訳じゃない。

で、こういう環境下だと。車を買おうって人が、ほとんどいなくなっちゃうんだよね。（だって、ちょっとその辺へ行くんなら、駐車場探す時間を考えればムービング・ロード歩いちゃった方がどれだけ速いか判んないし、遠出をするんでも、こんだけ見事に地下鉄が完備してあると、地下鉄使った方が楽なんだもん。）

車を買う人——車を持っている人の数が少ないと。必然的に、行政は、より、地下鉄の整備やムービング・ロードの整備にばっかり心を注ぐようになるでしょ。と、更に車を欲しがる人は減り、地下鉄とムービング・ロードの愛用者は増えてゆき……。

何十年にもわたる、この循環が、いつの間にか火星を、歩行者と地下鉄ばっかの星にしあげていったのである。

（あ、勿論、自動車用の道路だって完全にない訳じゃないし、自動車を持っている人だってまったくいない訳じゃないの。ただ、自動車を持っている人って、完全に二パターンの人間だけになっちゃってる。すなわち、うちはお金持ちなんだぞおっていうステイタスの為にただ持っている人と、車、もしくはバイクが趣味だっていう人。)

なんて。

なんて、小学生用の火星社会史の授業みたいなことを、ふと考えてしまったのは。

事務所からの帰り、かよい慣れたムービング・ロードを、ひょいひょいひょいって歩いてたあたしの目に——とんでもない景色が、とびこんできたから。

そこは、どっちかっていうと人通りの少ない道で、おまけに、かなり先まで、ずっと一直線に続いている道なので——で——見えるんだけど、あたしの、かなり前方に、とんでもないものがある。そして……そのとんでもないもの、段々、段々、近づいてくる。

ムービング・ロードっていうのはつまり、日本語にすれば動いている道な訳だから——この道に立ちさえすれば、のっかってる人間は、嫌でもその道の流れていく方向へと、進んでいってしまう訳。ま、あたしみたいなせっかちは、その上更にムービング・ロードの上を歩いちゃうけれど、でも、あくまでムービング・ロードは、一定の方向へと進んでいる筈なんだから……同一ムービング・ロード上にある、あのとんでもないものが、あんな速さで段々、段々、こっちへ近づいてきつつあるって……かなり、おかしな話ではあるのよね。

おまけに——もし、あたしの目にうつってる、あのとんでもないものが、もし、もし、本当にあれであったなら……。

なんて。ショックのあまり、あたしが心の中でも具体的なことを考えられずに指示代名詞で考えている間に。問題のそれは、どんどんどんどん近づいてきて――あわわ、ここまで近づいた以上、もう目の錯覚じゃないか、とか、見間違いじゃないか、なんて考えてるゆとりない、あれは、確かに、オートバイだっ！

誰が、何を、どうとち狂ったのか、とにかくオートバイがムービング・ロードを逆走してるっ！

いつの間にか、あたしは、ムービング・ロードの上で立ちどまっちゃってて、その上口をぽかんとあけはなしてしまっていた。ムービング・ロードって……特に、今あたしが乗ってるような、通勤用の奴って――結構、これで、流れは速いんだぞ。いい加減慣れてきた上に元来がせっかちだから、あたし、この上を歩いちゃうけど……それでも、歩く形容が、さっさ、じゃなくて、ひょいひょいひょい、になるくらい、歩きにくいものなんだぞ。それを――その上を、オートバイで走るだけでもかなりのもんなのに、オートバイで逆走してるだなんてっ！

一瞬、あたし、暴走族か何かで腕自慢の若い男の子が、いきがってそんなことやってるのかと思った。

ところが――まず、技術が。暴走族どこの騒ぎじゃないのよっ！　よく今まで倒れなかったっていうか、あっちへよたよた、こっちへよたよた、あれじゃひょっとするとあたしの方がうまいかも知れないっていう程度なのね。

ついで――年齢。若い男の子どころか、みごとにおじいさんじゃないのおっ！

あたしの前方にいた人達が、そのど下手暴走おじいさんとすれ違い――一斉にみんな声をあげる。

「あぶないよ、おじいちゃんっ！」

「じいさん、よせ、自殺行為だ！」

「おじいさんっ！　どうしたの、おじいさんっ！」

でも、そのど下手暴走おじいさん、人の声を気にするでもなく、そのままどんどんバイクを進め――あろうことか、スピードまで、あげてしまったみたい。

「きゃあ、おじいさん、危ないっ！」

あんな運転技術しかもってなくて、ムービング・ロードの逆走なんてことして、この上更にスピードあげたら。

あたし、思わずその辺でひっくり返って大怪我をするおじいさんの幻が目にうかんでしまい、反射的に、目を、とじてしまおうとする。

と。

その瞬間、ど下手暴走おじいさんは、怪鳥のような叫びをあげた。

「森村あゆみっ！　覚悟！」

へ？

え？

今、おじいさん、何て言った？

あまりに意外なことを言われ、ついつい目もとじられず、半ば呆然としてあたしがつっ立っているると。あたしの左わき、二メートル以上むこうの処を、ど下手暴走おじいさんはそのまますれ違っていってしまった……。

そして――そのままあたしが、まだ唖然としてつっ立っていると、背後ですさまじいブレーキ音がし――ふり返ると、どうやら必死の思いでブレーキをかけ、何とかバイクの向きをかえたらしいおじいさん、半ばバイクの上にもたれるようにして、ぜいぜいしている。

「あの……」

「おのれ、身をかわすとは小癪千万《こしゃくせんばん》」

……って……ど下手暴走おじいさんは言うんだけれど……あの……あたし、身って、かわしてないよ。おじいさんが勝手にあたしの二メートルも左横を通過してっちゃったんじゃない。

「いざっ！　覚悟っ！」

って、今度はおじいさん、ムービング・ロードを順方向に走ってきたのだけれど……。

あのね。

あたしは、身をかわしもせず、ほけっと、おそらく本人はあたしをひき殺すつもりでいるのだろうおじいさんをみつめる。

設定にね、無理がありすぎるの。

ムービング・ロード――それも、特に火星のムービング・ロードって、やたら広いんだから。大型トレーラーか何かでムービング・ロードの上を走ってくるんなら、そりゃ、確かにムービング・ロード上の人をひき殺せるかも知れない。けど……そんなバイクじゃ、余程運がよくなきゃ、そんなの無理よ。

それに。スピードそのものだって、なさすぎる。何つったって、ムービング・ロード。とてもじゃないけど、スピード出してバイクで走れる道じゃないんだよね。先刻、スピードあげたって書いた時だって、まだ、時速二十キロにはるかに満たなかったでしょうが。そんな速度で、こんな広い道で、しかもそんな運転技術で――生きている人間一人ひこうっていうの、いくら何でも設定に無理がありすぎない？

で、案の定。

あたしは身をかわすどころかまったく動いていないのに、おじいさん、今度はあたしの右五十センチくらいわきを、そのまますっと走り抜けてしまった。

そんでまたおじいさん、三十メートルくらい行きすぎた処でブレーキをかけ。

「ううぬ、かえすがえすも小癪千万」

……つったってね、あのね、あたしは何もしてない……そもそも、動いてすら、いないんだけど。

と、さすがに、二度にわたる失敗で、おじいさん、自分の計画の無茶さ加減に気がついたのか。

「命冥加《いのちみょうが》な奴め、次に会う時まで、その命あずけておくっ！」

という捨て台詞を吐いて、今度は順方向のムービング・ロードを、よろけつつも走り去ってゆき……。

……あれが。

あれがひょっとして、あたしを逆恨みし、本気であたしを殺そうとしている人なんだろうか……？

だとしたら。

あたしにボディガードどこの騒ぎじゃない、あのおじいさんにこそ、ボディガードをつけないと危ないいじゃないかあ。どう考えたって、あたしよりあのおじいさんの方が、今回、命が危なかったんだから。

あたし、なんだかめっきり、頭が痛くなってきてしまった——。

★

あたしは、そうそう人がいい方じゃない——と、自分では、思う。そりゃ、ま、多少は、どっちかっていうと人がいい方かなって思う時もあるけれど、でも、人様が言う程、そうめったやたらと人がいいとは思わない。

えー、だから、これはね、人がいい、とか、人が悪い、とかの問題じゃないのね。純粋職業意識の、問題なの。

とか何とか理屈をつけて、帰宅した直後、あたしは信乃さんの部屋の前につっ立っていた。何をしているのかって言うと——えーと、その——お話を、聞きに来てるの。先刻の、ど下手暴走おじいさんについて。

一応、その、信乃さんはあんなに自信を持って、あたしのことを逆恨みしている人間がもう一人いるって言ってた。で——前後の関係から見て、どうやらそれって、あの、ど下手暴走おじいさんのことみたいじゃない。信乃さんが、ど下手暴走おじいさんのことを、少しでも何か知っているなら——あたし、信乃さんに会って、信乃さん経由でも何でもいいから、ど下手暴走おじいさんに一言忠告したかった。（あのねー、繰り返し言っとくけど、あたし、決してそんなに人がいい訳じゃ、ないからね。ただ——嫌だもん、新聞の記事になるの。『×月×日、森村あゆみさんという女性を殺そうと、先日から狙っていた殺し屋、××老人が、あゆみさんを殺そうとして失敗、反対に本人が事故で死にました』だなんて。で……あのおじいさんが、ああいう無茶苦茶なことをやっている限り、早晩、そうなるのは目に見えている。）

深呼吸一つしてからインターホンを押す。でも、やっぱ、ちょっとやだな、友達のうちをたずねるっていうのと、訳が違うもんね、下手にこっちからインターホンなんか押したら、どんないや味言われるだろ。

「はい、安川です」

インターホンから聞こえてきた信乃さんの声、何だか妙に不安そうだった。

「あ、森村ですが、すいません……」

と、あたしが口を開いた途端。部屋の中から信乃さんの、『あの人ですっ！』っていう鋭い悲鳴が聞こえ、次の瞬間、信乃さんの部屋のドアがばたんと開き、ドアの内側から二人、それから、一体どこにかくれていたのか廊下を走って二人の男があらわれて――呆然としているうちに、あたし、男二人に左右両肩をおさえつけられてしまった。

「あ、あの……」

で、あたしが事情をつかめず、そのままつっ立っていると。信乃さんの部屋からでてきた男が、あたしの正面にまわって、身分証明書をあたしの目の前につきだした。

「警察の者です。ちょっと事情をうかがいたいのですが……」

「は？」

あたし、まだ事態がのみこめていない。

「こちらの安川さんが、今日あなたの処をたずねた折に、黙ってこういうものをつけられたと訴えているのですが」

そのおまわりさんが人差し指と親指でつまんでいるのは——太一郎さんが信乃さんにつけた、発信機だあ。

「認めますか？」

「あ……はい」

そりゃ、ま、確かにそうなんで、あたし、うなずく。と、おまわりさん、何故か急に強気になって。

「じゃ、ちょっと署の方まで来てもらおうか」

「は？」

「は、じゃないんだよ、は、じゃ。こういうものを一般市民に勝手にくっつけるのは犯罪なんだよ、犯罪。ほら、とっとと歩け」

……うーむ、これは完全に、こっちに分《ぶ》がない。敵ながらあっぱれというか、お見事というか、確かにあたしに肉体的にも財産的にも危害を加えず、しかも充分合法的に……みごとにあたしの信用ってものを、傷つけてくれたわよ。

（ま、確かにそうなんだけど）完全に、何かの事件の容疑者を連行するような態度で、おまわりさん達、い、い、い、い、い、い、いい、いい、よりによってあたしのアパートからあたしを連行してくれちゃったもんだから……すれ違う、顔見知りの住人が、みんなして、一体全体何だろって表情で、あたしの姿をみつめてる。

これで、明日になったら、あっちこっちで思いっきり尾ひれのついたうわさがとびかって——うちのアパート内における、あたしの評判って、めっきり傷ついてることだろうなあ……。

★

それでも何とか、その日の夜遅くに、あたしが自分のアパートに帰ることができたのは、やっぱり、どっちかって言えば、運がよかったってことになるんだろうな。

こういう商売しているせいで、水沢所長、警察の上の方の人と結構親しくしていてくれて——で、何とか始末書一枚でかたがついたものの、はあ、もう、二度とやりたくない経験だった。


で——で。

よせばいいのにって、時々自分でも思わない訳じゃないけれど、喉元さえすぎれば、割と簡単にあつさを忘れちゃうタイプのあたし、その晩、また、信乃さんの部屋へ行っちゃったの。

インターホンを押す。

「はい、安川です」

「あの……森村ですが……」

さあて一体、鬼が出るか蛇《じゃ》が出るか。まさか、もう、おまわりさん出てこないよね。

「何の御用ですか？　先刻の意趣《いしゅ》返しでもやる気ですか」

信乃さんの声、今度は完全にとがってる。てことは——下手にお芝居してないんだから、先刻みたいな罠《わな》（……って言っていいのかな）は、もうないだろう。

「いえ、あの、そういう話じゃなくて……。ちょっと、相談っていうか、お願いしたいことがあって……」

何だってあたしを傷つけてやるって宣言している人に、こうも下手《したて》に出なきゃいけないんだろう。ほんの一瞬、そんな感情がむくむくと頭をもちあげてきたのだけれど——でも、駄目。弟さんのことだの、あたしの腕を壊す時わざわざ太一郎さんとの食事中を選んでくれたことだのを思うと、それって全然、怒りに発展していってくれないの。

「なあに、お願いって。もう苛めるのはやめて下さいって泣きおとしにでも来たの」

インターホンのむこうの信乃さんの声、完全にあざわらっている感じになる。

「あれっぽっちのことで音《ね》をあげるだなんて、あなたって本当」

「あ、その件じゃないんです」

このまま放っとくと、また皮肉の一つも言われそうだ。そう思ったあたし、慌てて口をはさむ。信乃さんがあたしを逆恨みするのはしょうがないことだって認めてはいても、それでもやっぱり、あたしにだって感情はあるんだもの、皮肉を言われる回数は、一回でも少なければ少ない程いい。

「その件じゃないって……他に、あなたがあたしにお願いにくることなんてあったかしら」

「うんと……その……正しくは、あなたに言うのは筋違いみたいなことなんだけど……あたしを逆恨みしているおじいさんのことについて、ちょっとお願いが」

「………」

あたしがこう言うと。インターホンのむこうで信乃さんが息をのむ気配が、はっきりと伝わってきた。そしてそのまま、しばらくの沈黙。

で。

がちゃ。

ふいに何の前ぶれもなく、あたしの目の前のドアがあいた。そこから信乃さん、ぎろっとあたしのことを睨んで。

「本当に不本意だけど、しょうがないからあげてあげるわ。はいって」

で、まあ、あたし、のそのそ靴を脱ぐ。と——は？

急に目の前、そして顔の横を、何やら白い小さな粒が、ぱらぱらぱらぱら落ちていった。目線を上げると、食卓塩のびんをかかえた信乃さんの姿が目にはいって。

「今の……塩？」

「そう。本当に不本意なんだけど、しょうがない、あなたなんかを家にあげるんだから……せめてこのくらい、きよめなくっちゃ」

さすがにこれには、ちょっと、むかっときた。でも——何とかこうして他の人に話を聞かれる心配のない信乃さんの部屋にはいりこむことができたんだ（いくら何でもアパートの廊下で、おじいさんがあたしを殺そうとしただの何だのって話をする訳にはいかないもんなあ）、今はそんなことにかかずらわっている場合じゃ、ない。

「ね、信乃さん、単刀直入に聞いちゃうけど、あのおじいさん、誰？」

「何よ、おじいさんって」

ま、あのおじいさんと信乃さんの関係がどんなものであれ、あのおじいさん、一応あたしを殺そうとしたんだもんな、信乃さんがとぼけようっていう気持ちも判る。でも。

「ね、とぼけないで、教えて。……あ、ううん、何なら教えてくれなくてもいい。ただ、あのおじいさんに伝言——っていうか、おじいさんを説得してくれさえすれば」

「とぼけるも何も、あたしにはあんたが何言ってんのか全然判んないわよ」

で——やっぱり、あたり前っていえばとってもあたり前のことなんだけど、信乃さん、更にとぼける。

だけどね、信乃さん、所詮《しょせん》とぼけたって無駄なのよ。あなた、おじいさんっていう単語を聞いただけで、あたしを部屋の中にいれてくれたし、今だって、何言ってんのか全然判んない、だなんて言いながらも、一所懸命、こっちの話を聞いていてくれるじゃないの。

なんて——心の中で、ちょっと考えて、でも、結局、その台詞を口にするのはやめる。だって、そんな台詞言っちゃったら、何か信乃さん、もっと意地になっちゃいそうだもの。しょうがないからあたし、単刀直入っていうのから作戦変えて。

「じゃ、判った。あなたがおじいさんについてまったく心あたりがないんでもいい、あたしが何言ってるのか判らないっていうんでもいい、とにかく話だけ聞いて、話だけ。で、聞いてから自分で、あたしの話の内容を適当に解釈して適当にいいように処理して」

と、信乃さん、何だかあきれたような顔をしてあたしを見て。

「なら、話せば、そんなに枕ばっかりふってないで。あたしは先刻からずっと聞いてるでしょうが」

それから、ちょっと肩をすくめ、軽くため息ついて。

「ついでに、何なら坐れば？　そこに一応椅子とテーブルってものがあるんだから……本当、田舎者って、嫌よね。人の家来て、玄関あがって、台所で平気で立ち話するんだから」

これ……口調は、完全にいや味ったらしいけど……一応、椅子をすすめてくれたんだろうか……？

あたしはありがたく椅子に坐らせてもらい、例のおじいさんがあたしに何をしようとしたか、そしてそれは、あたしより、むしろおじいさん本人にとってどれだけ危険なことであったかっていうのを、話しだした。と――どういう訳か、いつの間にか態度が軟化してきた信乃さん、あたしの話を聞きながら、目の前で二人分の紅茶をいれてくれる。（……おっと。これが、油断なのかも知れないな。ひょっとして信乃さん、話が全部終わった段階で、あたしに紅茶ぶっかける気だったりして……。）

で、あたしが話しおえると、信乃さん、あたしに紅茶をすすめるのも忘れ、テーブルの上にひじをついて、自分で自分のこめかみおさえて。

「そのおじいさんて、あたしはまったく知らないし、あたしに関係ある人じゃないけど……でも、そのおじいさん、本当にそんなことしたの？」

「うん。じゃなきゃあたしが、こんなにあせってすっとんで来る訳、ないじゃない。あなたとそのおじいさんは勿論関係のない人なんだろうけど、誰か、そのおじいさんを知っている人、そのおじいさんに忠告してあげないかしらね。年よりの冷や水っていう言葉もあることだし、あんまり無茶なことはしないで欲しいって」

「あたしは勿論、そのおじいさん知らないからそんな忠告できないけれど、もし、あたしがそのおじいさんを知っているならば、ぜひ、忠告してあげたいわ」

……あー、まどろっこしい会話だった。でも、何とかこれで、信乃さん、あたしの言いたいことを判ってくれ、ついでにおじいさんに忠告してくれる気になったみたい。

で、あたしが安堵《あんど》のため息をつくと。信乃さん、本当にいぶかし気な表情になって。

「で……結局、あんた、何がしたいの……って、答が判ってることを聞くのも莫迦莫迦しいか」

何か信乃さんのこの台詞――妙になげやりなのね。

「へ？」

「結局そんなことして、あたしにとりいろうとしている訳でもないのよね。……あんたってね、本当、性格悪いわよ」

「へ？」

「本当に嫌な性格してるって言ってんの！　……で、お茶、飲む？」

あたしってそんなに嫌な性格してるかなあ。心の片隅でちょっとそう思って、でもまあ、あたしに意地悪するって宣言してる人の台詞だもの、そう真面目に考えることないやって思いなおして、ありがたくちょうどあたしにとって飲みごろにさめているであろう紅茶をいただくことにする。と、信乃さん、紅茶にのばしたあたしの手をとめて。

「砂糖とミルクは？　いれるの、いれないの」

「あ、じゃ、お砂糖二つにミルクいれて」

で、まあ、いささか長めの台詞をしゃべったんで、すっかり喉もかわいていたことだし、ごくごくごくって紅茶を飲んで――ひええっ！　何なんだこの味は！

と、どうやらあたしの表情を観察していたらしい信乃さん、わざとらしく笑って。

「あーら、ごめんなさいね。お砂糖とグルタミン酸ソーダ、間違っちゃった」

ぐるたみん酸ソーダ？　な……何なんだ、それ。どこかで聞いたことある名前だけど……。

「ソーダってね、ナトリウム塩の俗称、特に炭酸ナトリウムのことね。ガラスなんかの原料になるの」

ガ……ガラスの、原料？

「それから、苛性《かせい》ソーダって言ったら、水酸化ナトリウムのことなのね」

水酸化ナトリウム。そんなもんの溶液、飲んじゃったら……。

「でね、グルタミン酸ソーダって言ったら……」

信乃さん、どうやらあたしの表情を楽しんでいるみたいで、わざとゆっくり、台詞に間《ま》を持たせる。

「グルタミン酸ソーダって言ったら……味の素になっちゃうのよ。やーね、ごめんなさいね、お砂糖と味の素なんか間違っちゃって」

あ……あ……味の素。

確かに肉体的に、何の害もないわなあ……。

でも、それを聞いた瞬間、思わずあたし、テーブルにつっ伏してしまった……。

PART V

呆然としたおじいさん

翌日。

かなり悩んだんだけど、一応まあ、命を狙われたって言って言えなくもない（けど言うのはかなり苦しい）事件があったので、事務所に出勤したあたし、所長以下みんなにことの顚末《てんまつ》を話した。したら——案の定、全員が頭をかかえてしまって。

変な話だけど、うちの事務所の人って、仕事が仕事だから、命を狙われるのに、ま、普通の人よりは慣れている訳。だけど、命を狙ってやってきた殺人者、その本人が、我々の命を狙ったせいで事故死してしまうかも知れないケースなんて……過去、一回もなかったのよ。（ま、あたり前か。）で——変な処《ところ》変な風に、みんないい人で……こういう展開になってしまうと、うちの事務所としては、一丸となって、あたしの命を狙うおじいさんの命を守らなければならないって感じになってしまう訳。すると、こんな変なっていうか、訳の判らないボディガードなんて、どうやっていいのかまったく判らなくて。

で、全員が頭をかかえている中、ふいに中谷君が、ふっと気がついたように大声で。

「あ！　ひょっとしてひょっとすると……おい、あゆみ！　そのおじいさん、年の頃は七十すぎの小柄でやせてて見事にはげてて眼鏡かけた人じゃなかったか？」

言われてみると、そんな人のような気がする……。

「うん……多分。でも……どうして中谷君、知ってんの？」

「そのおじいさん、ほんの二十分くらい前に、うちのビルの八階と九階の間の階段に坐って、ぜいぜい言ってたぞ」

「へ？」

「階段？」

一同不審そうに顔を見合わせて——まさか。

「広明、ひょっとしてそのじいさん、重たそうな荷物を」

「……持ってましたよ、そういえば、山崎先輩」

で。一同総立ち。やばいっ！　おじいさんの命があぶないっ！

一同、我先に外へとびだして、つい癖で中谷君以外はエレベータ・ホールへまわろうとし、慌ててUターン、全員で非常階段駆けおりる。

おそらくは。こういうことだろうと思うんだ。

　昨日あたしを殺しそこねたおじいさん、もっと確実な方法を考えねばっていうんで、うちの事務所にあたしあてで、爆弾か何か送りつけようと思ったんじゃないかしら。でも、下手に宅配便だの何だの利用しちゃって、そこからアシがつくことをおそれて――で、御本人みずから、えっちらおっちら爆弾はこんできたんだろう。

　ここで一応、うちのビルについて説明させていただくと（っていうか、うちのビルに限らず、火星のビルって大体そうだけどさ）、うちのビル、百階を超す、巨大な雑居ビルなのよ。（あ、うちの事務所がはいっているビルっていう意味で〝うちのビル〟って呼んでいるんであって、勿論、水沢事務所の持ちビルなんかじゃないからね。）はいっている店子《たなこ》は、数えたことないけど、おそらくは千のオーダー。故に、複数あるエレベータは、いつだって満員で、遅刻しそうな時は、いつも死にそうに苛々するの。

　とね、おじいさんとしては、おそらくこう考えたんだと思うんだ。ここで、エレベータに乗って爆弾をとどけた日には――大体このビルにはいっているのは小さな会社や個人の事務所が多いから、お年を召した人なんて、そうそうやって来やしない。故に、何もしなくたって、おじいさん、目立っちゃった筈なんだ――目撃者が一山できてしまう。で、しょうがない、自分でここまでえっちらおっちら爆弾かかえてやってきたおじいさん、えっちらおっちら爆弾かかえて非常階段上りだすことにして。ま、普通だったら、こんな高層ビルの階段を、わざわざ上る物好きなんていっこない筈だし、これで目撃者もあらわれないだろうって思って。（そうとでも考えなきゃ、うちのビルの階段で、よりによってあのおじいさんが荷物かかえてぜいぜい言っている説明がつかないじゃない。）

ところが。おじいさんには、二つばかり誤算があったのよね。

まず、誤算その一。三十一階分もの階段を荷物かかえて上るには、おじいさんは年をとりすぎていて、とても体力が続かなかったってこと。（……っていうか……別におじいさんじゃなくても、あたしだって、荷物かかえてうちの事務所まで階段上ってやって来られるかどうか、自信、ない。）

誤算その二。非常階段を常日頃愛用している、だなんて、非常識な人間がいたこと。（中谷君、健康の為って称して、エレベータを使わないのだ。あの根性には、まったく頭が下がります。）

と、まあ。ここまでのことはいいの、おいといても。

ただ、問題は。万一その爆弾が時限装置つきのものであった場合――下手すると、おじいさん、階段の途中で力つきて爆死ってことになっちゃうかも知れないじゃない。

それに、時限装置じゃなくても、ある種のショック――たとえば、箱をあけると爆発する、とかね――で爆発するものであっても、ある程度以上疲れてしまったら、いつおじいさんがその箱をおっことして――で、下手すりゃ爆死する羽目になるか、判らないじゃない。

「えーい、面倒くさいじいさんだな、年よりの冷や水って言葉を知らんのかよ」

何の因果でか、殺し屋のおじいさんの命を守る為に階段を全力疾走《しっそう》する羽目におちいった太一郎さん、誰にともなく、文句。と、もうすでに、あたし達よりかなり下の階段を駆けおりている中谷君、下からどなりあげるようにして。

「山崎先輩、しゃべんない方がいいですよ。下手にしゃべると呼吸が乱れて、余計つらくなる」

あ、でも、さすが。さすが中谷君、日頃階段を使い慣れてる。太一郎さんの台詞はもうすでに息があがっているのに、中谷君たら何でもないみたい。

そして——そうこうしているうちに。

まず、熊さんがあたし達よりたっぷり一階分以上遅れてしまい、見えなくなる。ついで、麻子さんも、ハイヒールが不利にはたらいたのか、まる一階分以上、遅れて。

また、こちらは逆に、まず中谷君、どうやらあたし達よりたっぷり一階分、先におりてしまったようで、姿が見えなくなる。ついで、太一郎さんも。

で、ちょうど中間部にはいってしまったあたしと所長が、お互いにぜいぜい言いながらも二十階をすぎた処で。

「おい、じいさんっ！」

「おじいさんこれは時限式ですか、それとも！」

はるか——三階以上下で、どうやらおじいさんを発見したらしい、太一郎さんと中谷君の声が聞こえる。その声にはげまされたあたしと所長が最後の力をふりしぼって更におりると。

「広明、それ、分解しろ！　俺はじいさん追いかける！」

って太一郎さんの声が聞こえて——その声と同時に何とか十八階の階段を駆けおりたあたしと所長の視界に、更にもう一階下のおどり場で、箱にむかってうずくまっている中谷君、必死になってあばれながら、何とか太一郎さんの手をふりほどいて、階段二段とびに逃げようとしているおじいさん、すっかり息があがりながらもおじいさんを追いかけようとしている太一郎さんの姿がはいった。

「あ、まずい」

と、所長、それを見た瞬間、舌打ちして。

手すりにつかまり、駆けおりるのを中止し、所長、必死の叫び声をあげる。

「太一郎！　追うな！」

「追うな、太一郎！　逃がしてやれ！　危ないっ！」

で、何事ならんと太一郎さんが不満そうな顔をこっちに向け（その気持ちは、よく判るの。あんなおじいさんを追っかけるのが危ないだなんて、いくら所長の台詞でも、あんまり太一郎さんに失礼だと思う）、所長、太一郎さんの顔色見た途端、もう一回。

「莫迦！　逆だ！　あんなに息のあがってる上に二段とびで階段駆けおりてるじいさんをおま

えが本気で追っかけてみろ！　つかまる前に、下手すりゃじいさん、心臓発作おこしちまうぞっ！」

その台詞を聞いた瞬間、太一郎さんもあたしも、あまりといえばあまりのことに体中の力が抜けてしまい――へなへなと、手すりに身をもたせかけて、その場にしゃがみこんでしまった――。

★

「ま……これからの高齢化社会における、まったく新しいタイプの殺し屋になれるかも知れんな、あのじいさん」

中谷君が問題の爆弾の分解をおえ、全員で今度はちゃんとエレベータ使って事務所までもどり、おのおの好みのお茶でティタイムをはじめると。誰に言うともなく、所長、こんなことを言った。

「ま、極めて新しいタイプの殺し屋であるってことは、認めますよ、俺も」

先刻の、ほんの目と鼻の先までおじいさんを追いつめておきながら、おじいさんの心臓を気づかう所長の制止によって、おじいさんをつかまえそこねた件がまだ尾を引いているのか、えらく苦々し気に、太一郎さんお返事。

「仕事に失敗してつかまりそうになっても、追っ手が敬老精神を発揮して逃がしてくれるだなんて……あんな殺し屋があちこちに出没しだしたら、商売あがったりだ、こっちは」

「ま、そのかわりと言っちゃ何だが、あんな殺し屋ばかりになれば、殺し屋に命を狙われても死ななくて済む人ばかりになるだろうよ。そうなりゃ、ま、めでたいことだと言って言えないこともなかろうが」

「あの……おじいさん」

所長と太一郎さんのかけあい漫才のさなか、一人、中谷君だけ、先刻からずっと片眉ひそめて、何かを思い出そうっていう必死の努力をしているみたい。

「あの顔……あのほお骨の形……どの関係のパックの中にあったんだっけ……」

「何だ広明、おまえあのじいさんに心あたりがあるのか?」

「ま……その……あるって言えばあるんだし、その程度の心あたりは別に俺だけじゃなく、みんなあるって言えばあるんでしょうけれど……」

中谷君の台詞って、いつだって必要以上に思わせぶりなんだよね。

「あのおじいさんの顔、見覚えがあるんですよ、確かに。ただ、俺、一応念の為、安川をはじめとするあの事件の関係者の家族、親類、友人の写真……合計で千枚以上見たからなあ……。確かに、その関係者の中の、誰かなんです。でも……うーん、どの関係のパックの中の写真だったのかなあ……」

ひえええええ。中谷君、昨日、自分の仕事もあっただろうに、その暇を見て、安川さんをはじめとするあの事件の関係者の関係者（……ややこしいな）の写真、千枚以上もとりよせたのお？　でもって、更にそれを関係者ごとのパックにわけ、一応全員の顔をある程度覚えた訳ぇ？　……記憶力に自信のないあたし、時々中谷君が神々《こうごう》しく見えてしまう。

「……うーん……駄目だな、こうやっていても。しょうがない、俺、これからもう一度、写真あたりますよ。……でも」

中谷君、またも思わせぶりに、途中で台詞を切り、更に念のいったことに、間を一拍おく。

「でも……何か俺、嫌な予感がしてきてるんです。あのおじいさんが出てくるってことは――素直な、逆恨みじゃ、ないですよ」

逆恨みにそもそも、素直だの何だのあるんだろうか。ひねくれて、恨む筋合いでもない人を恨んじゃうからこその、逆恨みじゃないのかしら。

「俺、これでも一応、主要な家族だとか、主要な親類だとか、ま、それまでのつきあいとか、縁とかからいって、あゆみのこと逆恨みしてもおかしくない関係者の顔は、全部覚えたんです。だからこれは間違いない、あのおじいさんは、直接逆恨みをするような位置関係にいない、いわば傍流《ぼうりゅう》の誰かです。だから、最初に階段ですれ違った時、すぐ気がつかなかったんで……」

「傍流って？」

「あゆみにもよく判るように説明するとね、たとえば、山崎先輩があの安川の位置にいるとするよ。とね、あゆみは、ま、逆恨みをするかも知れない位置の、主要な関係者だ」

「うん」

「で……一応、あゆみの友達だっていうんで、れーこさんを関係者にいれたとする。でも、あゆみをすっとばして、れーこさんがまず逆恨みをするってことは、あんまりなさそうだろ？　だから、れーこさんは二次的な位置の、関係者」

「うん」

「で、更に、一応れーこさんの父親も、関係者にいれたとする。こんな状況で、れーこさんの父親が、あゆみもれーこさんもすっとばかして、逆恨みすると思うか？」

「全然、思わない」

「それが、俺の分類した、傍流の関係者。……要するにあのおじいさん、どう考えてもあゆみを逆恨みする位置にいない誰か、なんだよね」

ま、ある意味で、あたしを逆恨みしてもしょうがない位置関係にいる信乃さんは、堂々とあたしにいやがらせをするって宣言して――そして、確かにそれ以上のことをしていない。

なのに、どう考えてもあたしを逆恨みする位置関係にいない筈の謎のおじいさんは、堂々とあたしを殺すって宣言し――そして、いたずらに自殺行為を繰り返す。

一体全体、一年以上前に終わった筈の『通りすがりのレイディ』事件の関係者は、みんなして何やってるんだろう。

……一年以上、前？

と、ふいに。

そのフレーズが、あたしの心の中で、妙に何回も繰り返された。

一年以上前に終わったとばかり思っていた事件。言いかえれば、一年以上、何の音沙汰もなかった事件。

その関係者が、何だって今、こうも足並みそろえて二組も同時に、あたしの前にあらわれたのだろうか……？

☆

その日のお昼休み。

あたし、午前中の仕事をとにかくぱっぱと片づけ、一番で昼休みの為、外出した。いつもだったらお昼は、太一郎さんとか、事務所のみんなと一緒に、おしゃべりしながら食べることが多いんだけど——やっぱ、信乃さんに会うには、あたし一人の方がいいよね。そう思ったんで、とにかく誰からもお昼一緒に食べようってお誘いがかからないうちに、何とかするっと事務所を抜け出して。こうなってみると、最初話を聞いた時はうんざりしたけど、信乃さんのバイト先がうちのビルの定食屋でよかった。そんな近くなら、充分お昼休みだけで、話を聞いて、ついでに食事して、帰ってこられる。

あたしがそのお店の一番奥、一番隅の二人用のテーブルに腰かけると。あたしの姿を認めたのか、信乃さんがお水を持って、オーダーとりに来てくれた。

「あのね、信乃さん」

「何にしますか、お客さん」

「A定食。で、あの、信乃さん……」

「はい、A定一丁ね」

……あっそ。今度は無視する気なの。

信乃さんがこれだけ言うと、すぐにあたしのそばからはなれていっちゃったんで、あたし、一瞬そう思い——で、次の瞬間、反省する。莫迦だ、あたしって。ここ定食屋さんなんだもの、一番込むの、お昼時と夕食時に決まってるじゃない。たとえ相手が、あたしに嫌がらせしようと手ぐすねひいて待っている信乃さんじゃなくたって、この時間帯に、この店で、ウェイトレスとお客さんが会話できる訳、ないんだ。

それで、多少方針を変えたあたし、次に信乃さんがあたしのテーブルにA定食を運んできた時、なるたけ商売の邪魔にならないよう早口で信乃さんに。

「ね、信乃さん、お休み時間、いつ？　話があるんだけど」

「あたしありませんから」

信乃さん、こう言うとあたしの目の前にA定食おいて、またすっといなくなってしまう。うーん、いくら今が忙しい昼時だからって、『何ですか』くらい聞いてくれたってよさそうなもんだけどなあ。やっぱ、あれって、あたしに対する意地悪なのかしら。そりゃ、このくらいの意地悪なら、いくらやられてもあたしそうは傷つかないけど……でも、今は、まずいんだよね。早い処信乃さんから話を聞いて、早い処あのおじいさん何とかしないと……。

目の前のA定食を片づけながら、作戦を練る。あたしと信乃さんの関係がどんなもんであったとしたって、とりあえず今のこの場では、あたしはお客で信乃さんはウェイトレスな訳で……よおし。

あたし、目の前のA定食を半分食べおえた処で、奥の調理場へむかって声をかける。

「すいませーん、ほうれん草のおひたし、いただけます?」

「はーい」

なんて元気な声がして、で、待つことしばし。案の定、信乃さんが、嫌そうな顔をしながらも、ほうれん草のはいった小鉢をあたしのテーブルまで持ってきてくれる。あたし、信乃さんがテーブルの上に小鉢をおこうとしたその瞬間に、精一杯の早口で信乃さんに。

「昨日のおじいさんだけど、あの人」

「あたしの知らない人ですから」

ぱっと、それこそ小鉢を投げつけるような感じでテーブルの上へおくと、信乃さん、あたしの台詞なんか聞いてやるもんかって感じで、ぱっとテーブルから離脱した。うーん、段々いや味が露骨になってきたな。しょうがない。

あたしは更にA定食を四分の一程たいらげ、ほうれん草のおひたしを半分食べたあとで、また調理場へむかって声をはりあげる。

「すいませーん、湯豆腐、いただけますかあ」

で、また三分後ぐらいに、今度は信乃さん、ゆきひら鍋持ってあらわれる。しめしめ、湯豆腐のはいったゆきひら鍋って、結構あつくなっている筈だから、今度は信乃さん、先刻みたいに放り出すようにゆきひら鍋をあたしのテーブルに置いてゆく訳にはいかない筈だぞ。

「あのおじいさん、午前中にまたあらわれたわよ。また危ない処だった――って、あたしじゃなくて、おじいさんの方が」

気をつけてゆきひら鍋をテーブルの上におく間、嫌でも信乃さん、あたしのそばにいなきゃいけない訳だから、この台詞、嫌でも信乃さんの耳にはいって。で――やったあ、反応があったぞ。一瞬信乃さん、あきらかにぎくって顔をして――あ、でも、駄目だったみたい。

次の瞬間、何とか信乃さん、体勢をたてなおし、毅然《きぜん》とした声で。

「あたしの知らない人のことですから」

こう言うと、すっとテーブルから去ってしまう。けど、去りながらも、何とはなし、未練ありり気にあたしの方をふり返る。

あともう一押し。それで多分、信乃さん、あたしと会って話してくれる気分になる。

あたしは根性でA定食とほうれん草のおひたしを全部口の中におしこみ（だって、仮にも食事の追加を注文しようって時に、前に頼んだものがあんまりでーんとテーブルの上にあっちゃ、調理してくれた人に対して失礼ってものじゃない）、必死になってお品書きに目を走らせる。ほとんど満腹の状態の胃でも何とかいれることが可能な食べ物って言ったら……。

「すみませーん」

今度のあたしの声は、自分でもかなり、哀し気なものに聞こえた。

「なめこのおみそ汁、お代わり下さい」

そして――三回目ともなると。店の中の人達の視線が、さすがにあたしに集まってくる気配。

（何でうちの事務所の連中がよくここでお昼を食べるのかというと、この店、値段の割に量が、多いので有名なのである。太一郎さんですら、この店で、定食頼んだ上におかずの追加注文をすることは、滅多に、ない……。）

「別に自慢する訳でも何でもないけど、今日の午前中、あのおじいさんの命を助けたの、うちの事務所の連中なのよ。あのおじいさん、昨日よかもっと自殺行為的なこと、したんだから」

まだ丸々残っている湯豆腐。新たに来ちゃったなめこのおみそ汁。（また、この店のおみそ汁は、具が多いんで有名なのよねー。）目前のそれらを等分に眺めやりながら、あたしが半ばうなるように信乃さんにこう言うと。信乃さん、やっと、あたしが望んだ返事をしてくれる。

「三時に、三階のモザイクって喫茶店で。三時から四時まで、お昼休みですから」

そして。

気がつくとあたしは、その辺のテーブルの男達の注目の的になって、その場にとり残されてしまっていた。その注目の意味は、ただ一つ。あの子、あんなに追加注文しちゃって、本当に食べられるのかなーって奴。

で。ええい。

食べましたよ、負けず嫌いのあゆみさんは、おみそ汁の具のなめこの最後の一つまで、全部！

大好物なんだけど——でも当分——二度となめこなんか食べるもんかって気分になるだろうなって、思いながら。

☆

一時（あ、これ、お昼休みおしまいの時間ね）から三時まで、あたしは所長に断って、意味もなくその辺を歩きまわってすごした。理由は——ま、一応、信乃さんとの会見の前に言いたいことを整理しておきたいっていうのと——主に、腹ごなしの為。だって、そうでもしなきゃ（何となく汚い話で申し訳ないんだけど）、あたし、口からなめことお豆腐が逆流しそうだったんだもの。

で。一応腹ごなしが役に立って、三時にモザイクって喫茶店にはいった時には、あたしのお腹、何とかコーヒーが飲める程度には、復調していた。

「二分二十一秒の遅刻。人を呼びつけといていい態度だこと」

モザイクにはすでに信乃さんが来ていて、信乃さんは、あたしの顔を見た途端、いかにもとげ一杯って口調で、あいさつがわりにこう言う。

あたしは、しょうがないから軽く肩すくめて信乃さんの台詞を黙殺した。で、それから。

「とりあえず、話すことだけ話しちゃうと、これは、あなたの知らないおじいさんの話だろうけど……」

って枕をふって、一息に、今日おじいさんが何をしたかを、まず、信乃さんに話してきかせた。そして、話が一段落したところで、一旦、ちょっと長めの間をおいて、あたしの話が、すっかり信乃さんの心の中に落ち着くのを待つ。それから。

「あたし、正直言って、まだあなたの性格が判ったなんて思ってないし、あなたとあのおじいさんの関係がどういうものだかも判ってないの。でも――たった一つ、判ったような気がするの。信乃さん、あのおじいさんと、連絡がつかないんじゃないの？　あるいは、あのおじいさんがどこにいるのか知らないのか」

昨日の様子といい、今日のおじいさんの行動を聞いた時の様子といい、信乃さんがあのおじいさんのことを、本気で心配しているのは確かだろうと思う。でも――だとしたら、おかしいのだ。あのおじいさんのことを本気で心配していて、で、昨日のおじいさんの愚行を知ってたら。普通の神経を持った人なら、今日、何があってもおじいさんが妙なことをしないよう、必死にとめるのが筋だと思う。

「だからあたしはそんなおじいさんは知らないんだってば。あんた、耳、ついてないの」

「ね、信乃さん。お互いもう、そんなしらばくれっこはやめようよ。……あたし、ちょっと考えたんだけど……万一、昨日、おじいさんが見事あたしをひき殺すことに成功してたとするでしょ? と、その場合、おじいさん、どうなってると思う?」

あんな方法じゃ、どう考えても人一人ひき殺せるとは思えなかったから、あたし、つい昨日はこの可能性を考えなかったんだけど、もし、万一、昨日あたしがひかれていたら。

普通の道路でそれなりにスピードだしているある程度大型のバイクが人間はねれば、まず、人間は、ふっとぶだろう。バイクの方も、ま、それなりのショックはうけるだろうけど、乗り手にある程度の技術があれば、そのまま逃走することも可能かも知れない。

でも、ムービング・ロードで、あんなスピードしかだしてない、思い返してみるとほとんど原動機つき自転車なみに小さなバイクが人間はねて、おまけに乗り手にまったく技術というものがなかったら。どう考えたって、バイクの方だって、転倒しちゃったり何だり、それなりの被害をうけるに違いない。そして、ひかれたあたしは、まだ若い、回復力も強い女の子で、ひいた人間は、ちょっと転んだだけですぐ骨の一本や二本は折ってしまいそうなおじいさんなのだ。

「万一、何かの偶然であたしをひくことができて、あたしが大怪我したり死んだ場合――十中八九、あのおじいさんの方が、あたしよりひどい大怪我をするか、死んでることになったんじゃないかと思うの」

「………」

「それに、万一、今日の爆弾が無事あたしの手元に届いたとして、昨日の今日でしょ、あたしもうちの事務所の連中も、何の疑いもなしに包みをうけとったりあけてみたりはしないと思うんだ」

とすると、おじいさんが確実に目的を果たす為には。おじいさん、宅配便の配達よろしくうちの事務所にあの小包を届けるだけじゃ、駄目なんだ。そのくらいのことは、おじいさんにも判ってたと思う。にも拘わらず、おじいさんがあんな方法をとったからには。

おじいさん、おそらくは事務所の玄関先へあたしを呼び出すつもりだったんじゃないだろうか。森村あゆみさんにお荷物です――御本人のはんこか拇印《ぼいん》お願いします、なんて言って。で、あたしが玄関先へ出た瞬間、おじいさんは爆弾のスイッチをいれる。この方法なら、十中八九、あたしは見事にふっとんで――でも、十中十、おじいさんはもっと確実にふっとぶだろう。

「信乃さんはああ言ったけど――あたし、つらつら思うに、あのおじいさん、逆恨みの余りあたしを殺そうとしているんじゃないような気がするの。何か……こういう言い方しちゃうと、すっごく異様だけど……逆恨みの余り、あたしと心中しようとしているような気がするの」

そうとでも思わなきゃ、とても納得できない殺害方法だもの。

で。あんまり考えたくないんだけど、あのおじいさんが逆恨みの余りあたしと心中しようとしているって、どうやら信乃さんにとって、結構考えられるセンだったみたい。あたしの話を聞きおえた信乃さん、何だか妙に青ざめた顔色になる。

「だから」

信乃さんの反応を見て、あたしも意を強くして、きっぱりとこう言いきってみせる。

「今はもう、お互いにしらばくれてる場合じゃないと思うの。あのおじいさん誰？　どこにいるか知ってるの？　知らない場合、何か手がかりはないの？　とにかく一刻も早くあのおじいさんを探して保護しないと、あたしには殺されてあげる意志がまったくないんだから、あのおじいさん、逆恨みのあまり心中しようとしてそれに失敗、自分だけ死んじゃう、だなんて莫迦なことになっちゃうかも知れないのよ！」

「そんな……でも……でも、そうよ、おじいちゃんの性格を考えるとありそうな話だわ、あんたを殺して自分も死ぬ、だなんて。でも……でも、どうしよう、あたし本当におじいちゃんがどこにいるのか知らないのよ！　あたしがあんたのまわりをうろちょろしだしたら、ひょっとしたらどこからかおじいちゃんが出てくるかも知れないとは思ってたけど……でも、まさか、こんなにすぐに出てくるだなんて思ってなかったし……どうしよう！」

おじいちゃん。

その信乃さんの言い方は、先刻までの、名前を出さない為、一般名詞として使っていた『おじいさん』っていう単語と、まったくニュアンスが違っていた。『おじいちゃん』。おそらく信乃さん、常日頃、あのおじいさんのことを『おじいちゃん』って呼んでいたに違いない。でも——安川さんの両親って、もうとっくに死んでいるって話で……。

なんて、あたしが、信乃さんの台詞を冷静になって考えだした気配が伝わってしまったのだろうか、あたしの顔を見た途端、とり乱していた信乃さん、何故か急に落ち着いてきて。

「……あんた……あたしにカマかけたの？」

先刻までのとり乱した声に混じっていた可愛らしさはどこへやら、信乃さん、急に落ち着いた、妙につめたい声を出す。

「え？　カマ？　そんなもの」

「だって、言ってることが矛盾してるじゃない！　もし、そのおじいさんが」

あーあ、あの『おじいちゃん』っていう、親しみのこもった呼びかけが、また前の、一般名詞の『おじいさん』に戻ってしまった。

「もし、そのおじいさんが、本気であんたと心中する気なら、目撃者ができるとまずいって理由で、わざわざ階段なんか使う必要、まったくない筈じゃない。何だって死ぬつもりの人間が、目撃者からアシがつくとまずいって言って、何十階分もの階段、えっちらおっちら上るのよ」

「……あら……ほんとだ。矛盾してる……」

そう言えばそうよね、気がつかなかった。あたし、本当にその矛盾に気がついていなくて、カマかける気なんてまったくなくて、本気で自分の推理を信じてたんで……自分でも呆れるくらい、間の抜けた声を出してしまった。

と。あたしの声の間抜けさ加減がどうやら余程おかしかったらしく、信乃さん、唇の端に苦笑を――それも、初対面の時みたいな、完全にあたしを莫迦にしきった皮肉なつめたい笑いじゃない、太一郎さんがよくやる、本当におまえって莫迦な奴だなって台詞と共にうかぶ苦笑を――刻んでみせて。

「あたし、あんたを恨んできたし、恨んでるし、これからだってずっと恨み続けてやるわ。なのに……あんたってば、会うたびごとに、どんどん嫌な性格になってくわね……」

言葉こそ、それこそサボテンみたいにとげだらけだったけど、そう言った時の信乃さんの表情は。

そして――それに。

裏返して考えてみると。〝恨んでる〟人間、〝これからも恨み続けていく〟人間が、どんどん恨んでる人にとって嫌な性格になってくるって……うんとひねくれて裏返すと、どんどん恨みにくくなってきてるってことにならない？

ははは、ならないかな、やっぱし。あたしって、楽天的すぎる人間かなあ。

なんて莫迦なことを考えて、あたしの表情がどんどんゆるんでゆくと。それにつれて、信乃さんの表情もほんのちょっとゆるみ——そして。

そして、急に、何の前ぶれもなく、信乃さんの表情が、かたくなった。

☆

「きゃあ！」

まず、アクションは、あたしの背後でおこった。あいにく背中に目はついていないので、どの辺だか判らないけれど、あたしのほんの数メートルうしろで、女の子が悲鳴をあげたのだ。

反射的に、あたしは身をひねって立ちあがった。と——ほんの一メートル離れていない処に、あのおじいさんの顔！　おじいさんは、まるであたしにむかってナイフをふりあげているかのような格好で右手を思いっきり上げていて（おそらくおじいさん、さり気ないふりをして適当な処まであたしに近づいてきたのだろう。で、ある程度間合いをつめてから、おもむろに右手をふりあげて。で、ポーズがポーズ、おまけにおじいさんの全身からふき出ている殺気が、正真正銘本当のものだったんで、それを見た女の子が悲鳴をあげたんだわ）——で、はなはだしくずっこけることに、おじいさんの右手の中の武器は——やき鳥なんかに使う、単なる竹串だった。

あ、とはいうものの。竹串って、そう莫迦にしたものでもないんだよね。一応先はとがらせてあるし、うまいこと延髄《えんずい》なんかにあれを深々とつきたてれば、人間一人、殺せないことはないと思う。

でも――やっぱり、設定に無理があるよね。

おじいさんの姿を認めてすぐ、あたしはテーブルからとびのき、おじいさんと向かいあう形になり――そして、思う。

まあ、確かに今、あたしには左ひじから先がない。だから、体のバランスはいつもよりとりにくいんだけれど……とはいえ。

もし、誰もいない処で、ぼんやりしているあたしの背後にこっそりと近づき、一撃で竹串を延髄にぶちこむとか、あるいはうつ伏せになって眠っているあたしを狙うとかいうならともかく、こうして二人の人間が向かいあう形になってしまった以上、どう考えても竹串って、何も持っていないよりはまだまし程度の武器にしかなりそうにない。

「森村あゆみ！　覚悟！」

と――果たして現状をちゃんと認識できているんだかいないんだか、おじいさん、大仰《おおぎょう》に叫ぶ。その叫びを聞くのと同時に。あたし、決心をかためる。

この感じだとおじいさん、今はさらさら逃げる気はないみたい。だとしたら――何せ相手は竹串一本持っているだけの老人——この機会に、おじいさん、つかまえることにしよう。勿論、あたしに対する殺人未遂で警察につき出す気なんてまったくないけど、いい機会だ、一旦つかまえて、熊さんにこんこんと、年をとったらあまり無謀《むぼう》なことをしてはいけないってお説教してもらおう。

「おじいちゃん！　森村さん！　やめて！」

と、どうやらあたしと同時に立ちあがったらしい信乃さんが、慌ててあたし達の間に割ってはいる。

「しいちゃん！　危ないからどいてなさい！」

おじいさん、何故か急に間に割りこんできた信乃さんを見て、急に慌ててふりあげていた右手をおろす。

「おじいちゃん、やめて！　あたし、やめたの！　あたし、本当にやめたの！」

「嘘をつきなさい。しいちゃん、おまえはまだ若い。莫迦なことやめて森村あゆみの始末はわしにまかせるんだ」

「だからおじいちゃん、やめたんだってば、あたし！　あたし本当にやめたの！」

あたしは、間に割ってはいった信乃さんの見幕《けんまく》におされ、瞬時その場に立ち尽くし、次の瞬間、とにかく手でも足でも、おじいさんをつかまえとこうと決心した。（ま……あんまり変な風にかんぐるのも悪いとは思ったんだけど、おじいさんよりはもうちょっと現状把握ができている信乃さん、こうやってあたし達の間に割ってはいることによって、おじいさんを逃がすつもりなのかも知れないって思ったのだ。)

ところが。どうやらあたしがおじいさんの体の一部をつかまえようと右手をのばすっていうの、おじいさんにしてみれば、予定の行動だったらしいのだ。あたしが手をのばした瞬間、おじいさんはまた右手をあげ——。

次に起こったことは。

これ、本当は全部一度——ほんの、一秒か二秒の間に——起こったことなんだけど、どうやらその一秒か二秒、とっても凝縮された時間だったらしくて。字で書くと、とてもそんな短時間に起こったことだとは思えないの。

まず、あたし、ほんのちょっと、おじいさんを心の中で莫迦にした。ま、その、たとえばあの竹串が手の甲か何かにささったら、それは確かに痛いだろうけど——でも、ナイフみたいな鋭利な刃物と違って、のばしたあたしの右手を払いほどけるだけの力がある筈ない。どうやらその程度の現実認識もできない程、おじいさん興奮してるのかなあ。

のと、同時に。ほとんど、狂おしい程の——こちらもまた、一体何を興奮してるんだって感じの、信乃さんの叫び。

「おじいちゃん！　お願い、やめて！」

そして、声と一緒に信乃さんの両手、まさにおみごとって感じの連携プレイをみせてくれてる。すなわち――信乃さんの右手は、軽くあたしをとんと突き、左手は一応手刀《てがたな》の形をとって、おじいさんの右手首をとんとたたき。

で――で！

信乃さんってば、一体全体今までどんな生活をしてきたんだろう。見た目には、ほんの軽く、とんってあたしをついただけに見えた右手、実はおそろしい程の破壊力を秘めており――あたしは、椅子とテーブルをまきぞえにして、ほとんど一メートル近く、その場からふっとばされた。いくらあたしの左手なくってバランスがいつもと違うといっても、これは、凄い。

また。おじいさんの手首を、見た目には、ほんのちょっとたたく、って感じでとんって払った左手も、おそらくは同等の力を秘めていたらしい。満身の力をこめて――関節が、力をこめすぎたあまり、白っぽくなっている――握りしめていたおじいさんのてのひらが、実にあっけなくひらいてしまい、手の中の竹串、そのままゆるい放物線を描いてその辺の床に落ちる。

「しいちゃんっ！」

そして、信乃さんに手首をたたかれた瞬間、こちらもこちらでぎょっとしたようにおじいさん目を見開き――そしておじいさん、一瞬、現状も、今の自分の立場も、何もかも忘れたような顔つきになり、ただただ呆然と信乃さんをみつめる。その目の中にあるのは、どうしても今、自分に起こったことが信じられない、どうして信乃さんが自分の邪魔をしたのかどうしても理解ができないっていう疑問のいろで――また。

ほんの一瞬の間だけ、おじいさんは目のいろを疑問で染めあげたものの、次の瞬間、おじいさんの目のいろ、次第次第に変わっていったのだ。何故かしら、妙に満足したような嬉し気なものに。

これはまた、ひどくおかしな話だわ。テーブルと椅子（の残骸）の中にへたりこんだまま、あたし、何とも不可思議な思いにとらわれていた。

これは、まず、間違いない、おじいさん、信乃さんがあたしを殺すの邪魔をするだなんて、今の今まで、これっぽっちも思っていなかったに違いないのだ。で、まず、瞳の中に疑問のいろがあらわれた。これは——いいの。ここまでは、確かに、いい。

でも、問題は、次なのだ。普通信じていた人間に裏切られた場合、疑問の次に、あんな満足気な、あんな嬉しそうないろが、瞳の中にうかびあがってくるだろうか。これは、否である。断じて、断じて、否である。

そして、次の瞬間。

おじいさんは軽くまばたきをすると、二、三歩、そのままじりじりとあとじさり——あたしからたっぷり三メートル離れると、ぱっと体の向きを変えて、もううしろも見ず、脱兎の如く、駆けだしたのだった。（とはいっても、もうお年がお年だし、目立つ程じゃなかったけれど、軽く片足をひきずっているような走り方だったから……おじいさん本人は、脱兎の如くって気分だったろうけど、はたで見ている分には、早足というよりはあれで駆けているっていうべきなんだろうなって速さだったけど。）

——と、まあ、ここまでが、その凝縮された二、三秒間におこったことで——おじいさんが、退却の姿勢を示しだした時から、ようやく、周囲にいた人達、ただぽかんと口をあけてこの場の様子を見ているのをやめ、あっちこっちでざわざわと、人の群れが騒ぎだした。

で、まあ、あたしもいい加減気をとりなおして、ふっとばされた時椅子だかテーブルだかにぶつけたらしい、ちょっと痛む頭をふりながら身をおこして。すると——どういう訳か、立ちあがったあたしの至近距離に、信乃さん、心底怒り狂ったような表情で、仁王の如く立ちふさがっていて。

「この、莫迦っ！」

でもって——あーん、せっかく立ちあがったのにい——、何故か信乃さん、真剣に怒った表情のまま、もう一回あたしに向かって手をふりあげ——信乃さんのてのひら、本当に見事にあたしのほっぺたにヒットして、思わずよろけてしまったあたし、またへたへたと腰をついてしまう。

「な、何すんのよっ！」

あたしとすれば、ま、信乃さんのせいであのおじいさんをまた取り逃がしちゃったようなものだし、それに、こっちは、あのおじいさんが怪我しないよう、心臓発作なんかおこさないよう、今まで一所懸命気をつかってきたっていう気分があるから——あたしはあたしで、ある程度頭に来て、こう叫ぶ。

「何すんのよ、じゃ、ないでしょ、何すんのよ、じゃ。……おじいちゃんを莫迦にするんなら莫迦にしてもいい、自分が命を狙われてるっていうのに、狙ってるおじいちゃんの命が心配だ、なんて傲慢なことを言うんなら言ってもいい、でも、そんな傲慢なことを言ったり思ったりするんなら、せめてそれだけの実力を持ってからにしなさいよっ！」

こう言いながら信乃さん、さり気なく先刻おじいさんが落としていった竹串をひろいあげ、それと一緒に、たおれてしまったテーブルの上に何枚も束にしておいてあった紙ナプキンもひろいあげ、そっと、細心の注意を払って、紙ナプキンで幾重にもその竹串をつつんだ。

「ご……傲慢って何よ、傲慢って！」

でも。こういう言われ方すると、あたしだって腹がたってきちゃう。あたし、別に、思いあがったり傲慢だったりして、で、あのおじいさんのこと、心配してた訳じゃないもん。そんなことを考えていられるようなゆとりもなく、あのおじいさんが莫迦なことするから——あたしとしては、純粋に、それを心配しただけだもん。

と、信乃さん、かがんで竹串をひろったついででか、椅子がたおれちゃった時椅子と一緒に床に投げだされてしまったあたしのバッグをひろってくれ——何故か、バッグの中に、紙ナプキンで何重にも包んだ竹串をおとしこんで。

「とにかく……」

で、声の調子をちょっと落とす。

「ま、ひっぱたいちゃったのはあたしが悪かったんだし、このテーブルだの何だののひっくり返しちゃったのも、あたしのせいだって言えばあたしのせいだから……お店の人には、あたしが謝っとくわ。あんたは、もう、どこへなりとも行っちゃいなさいよ」

てんで、あたしにあたしのバッグをおしつける。その様子が、いかにも、もういいから早いとこのバッグ持ってどっかへ行っちゃってよっていう感じに見えて——で、やっとあたし、とんでもないことに気がついたのだ。

今までの、あのおじいさんの攻撃が、ま、莫迦莫迦しいっちゃ実に莫迦莫迦しいものにしか見えなかったんで、実の処そんなこと、考えてみもしなかったんだけど。

もし、万一、あの竹串に——毒の類が塗ってあったら。

だとしたらおじいさん、何もあたしに、あの竹串で致命傷をおわせる必要は、なかったんだ。たとえば、右手の甲でも何でも——おじいさんをつかまえようとして、あたしがのばした手の先を、ほんのちょっと、傷つけるだけで、よかったんだ。

だとすると——もし、本当に、この竹串に毒が塗ってあったとすると。

信乃さんは——逆恨みの余り、あたしに意地悪をするって宣言していた信乃さんは、あたしの命を助けてくれたことになり——そして、もし、それが本当なら。

自分が命を狙われてるっていうのに、信乃さんをわざわざ喫茶店へ呼び出してまで、おじいさんの命が危ない、なんて言っておいて——そんなことしといて、命にかかわる竹串の前に平気で自分から手を出しちゃって、信乃さんにつきとばされてもその意味が判らなかったあたしは、確かに、もう、果てしなく思いあがっていて、傲慢きわまりない存在なんだ。

「あの……ごめんなさい。ありがとう」

そして、それが判ると。

まずあたしは——あたしを恨んでいるっていうのに——あたしの命を助けようとしてくれた信乃さんに、もう、やたらと感謝の念を抱き——ついで。

ついで、本気で恥ずかしくなってきてしまった。あんなに大口をたたいておきながら、おじいさんの命を心配するどころの騒ぎじゃない、自分の命が危なかったっていうのに、それに気がつきもしなかっただなんて……あたしってば、本当、思いあがってた上に傲慢だったのだ。

と、こんなあたしの台詞を聞いて、一体全体どんなことを思ったのか、信乃さん、鼻の頭にちょっとしわを寄せて。

「早いとこどっか行っちゃってよ、目ざわりだから」

声の調子や何やかは、相変わらずいつもの信乃さんのいや味たっぷりなものだったんだけど、一回信乃さんに命を助けられたっていう感謝のフィルターを通してしまうと。現金にもその台詞、『早いとこその竹串を始末しちゃった方がいいよ、こんな処でそれがみつかると面倒なことになる』っていう親切な忠告に聞こえてしまう。

で、あたしがまたその台詞を聞いて、更に感謝のおももちになると。信乃さん、今度は、心底あきれたっていう表情を作って。

「あんたって、本気でおめでたいんじゃないの？　あんたが何をどう誤解してるのか知らないけれど、あたしはただ単に、あのおじいさんを人殺しになんてしたくなかっただけよ。あんたみたいなおめでたい、はっきり言って殺すだけの価値がないような人間殺したって科《とが》で、あのおじいさんが残りの一生をずっと刑務所の中ですごすんじゃ、あまりにもあのおじいさんが可哀想だから」

で、信乃さん、また横をぷいっと向いてしまう。

けど。一回、信乃さんっていい人なんじゃないかなって思ってしまうと。この台詞も、また、信乃さんの照れかくしとしか思えなくなってしまうんだから……あたしって、やっぱり、余程おめでたい人種なんだろうか？

それとも。

それとも、信乃さんって、単に口が悪いだけの（ま、それもあたしを逆恨みしているっていう事情を考えれば、あたり前よね）、照れ屋の、いい人なんだろうか。

あたしは、今月のあたしのお給料、二番目の可能性に全額かけたっていいやって思った。

PART Ⅵ

正義の人のおじいさん

「結論から言いますとですね、確かにあゆみの主張どおり、この竹串には毒物が塗ってあると言えば、塗ってありました」

その日の夜。申し訳ないんだけど、中谷君に残業を頼み、例の竹串を調べてもらったところ。（あ、つっても別に、中谷君が竹串の毒の分析をしたっていう訳じゃないんだ。話を表沙汰にせず、毒物の分析をしてくれるような人を知りあいに持ってる人が、中谷君しかいなかったってことなの、これ。）案の定、あの竹串には毒が塗ってあったってことが判って、あたしをはじめ、事務所のみんなは、大きなため息をついた。（あたしが残業お願いしたのは中谷君只一人だったんだけど、何と太一郎さん以下全員、自主的に残業してくれ、あたし達につきあってくれたの。）

「あ、ただ……その、ま、毒物は確かに毒物なんですが……あゆみが思っているような種類の毒物じゃなかったんですよね、これ」

珍しく中谷君がもってまわった言い方をせず、まず結論から言ってくれたと思ったら——うーん、こういう、二段構えで勿体《もったい》ぶった台詞の構成になってたのか。

「……広明。いつも言ってるだろ、話は判りやすく、論点は明確に、必要以上にもってまわらないこと」

テーブルの上に身をのりだすようにして中谷君の話を聞いていた太一郎さん、苛々と指でテーブルの表面をはじく。

「えーとね、じゃ、何て言おうかなあ……つまりこれ、致死毒《ちしどく》じゃなかったんですよ。厳密な意味では、あんまり毒性がなかったって言うべきかな、もし、あゆみの体にこの毒がはいったとしても、死ぬとか、何か体に悪いことがあるってことはなくて……」

じゃ、一体何なのよ。死にもしなきゃ、体にも悪くないだなんて、そんなもの、毒って言うのだろうか？

「ま、これが体にはいった場合……非常に珍しい薬でしてね、おそらくあゆみは数ヵ月——体質によっては、半年くらい、昏睡《こんすい》状態になっただろうと思うんですよ」

「……は？　じゃ、それ……眠り薬、なの？」

「ま、こんなに強力なものをそういう呼び方をしていいのかどうかは疑問だけど、せんじつめれば、そう言えるだろうね」

「じゃ……じゃ……あのおじいさん、一体全体何する気だったの？　『森村あゆみ！　覚悟！』なんて派手なこと言っときながら、あたしを数ヵ月、眠らそうとしただけなの？」

ま、あたし、今の処《ところ》人生って楽しいし、こんなに楽しく生きてる二十一歳の人生を、何の断りもなくある日唐突に数ヵ月も眠らされちゃったら、そりゃ、嬉しくは全然ないけれど……でも、何か、いかにもお命頂戴っていう台詞の感じと、数ヵ月眠っているだけっていうの、ギャップがありすぎる。

「それに、ついでだからあの爆弾の方も一緒に調べてもらったんです。したらあっちもね、あれっぽっちの火薬の量で人一人殺そうっていうのは無茶じゃないかって話が出てきて……」

「とすると、何？　あのおじいさん、あたしを殺そうっていう気はなかったっていうの？」

「ま……そういう結論に達せざるを得ないね。……それから、一応、あのおじいさんが誰だかも判ったんで、とりあえず、疑問点なんかは先おくりにしちゃって、判った事実だけ先に言わせてもらうよ。まず、これがあのおじいさんの写真、鳥居正義《とりいまさよし》、七十四歳、だ」

で、中谷君ばさっと、今よりもちょっと若かった時代のおじいさんの写真をテーブルの上に投げ出す。何年くらい前の写真なのかなあ、おじいさん——あ、もう名前が判ったんだから、鳥居さんと言うべきか——、まだ完全にははげておらず、鬢《びん》のあたりにわずかに髪の毛が残ってる。

「安川信乃が、鳥居正義を〝おじいちゃん〟って呼んだ理由も、ある程度推測がつきます。えーと、この鳥居正義って男は、安川家とは何ら血縁関係にはないんですが、安川が夫人と結婚し、信乃と静夫が生まれたあとしばらくの間――一応、収入も増え、安川が自分の家を買うまでの間――鳥居家と、安川家は隣同士でした。で、その、信乃と静夫は二つ違いで、静夫は生まれた時からすでに内臓に三つも異常があり……」

中谷君の話をまとめると、こうなる。

安川家と鳥居家は、静夫君が生まれるまでは、ごく普通のお隣同士だった。ところが、静夫君には先天性の異常がいくつもあり、静夫君の出産後、安川夫人は、ほとんど病院とまりこみの日々をすごすことになってしまった。

ここで困ったのが、当時二歳になったばかりの信乃さんの存在である。生きるか死ぬかって大手術を繰り返しては、そのたびごとに絶対安静におちいってしまう静夫君の病室に、いくら何でも遊びたいさかりの二歳児をつれてとまりこむ訳にはいかないし、大体、静夫君のことだけで、肉体的にも精神的にもぼろぼろになる程疲れ果てていた安川夫人には、二歳の娘の世話をしているゆとりなんてなかった。

また、安川氏の方は安川氏で、先天性の異常を克服したあとも、季節の変わり目ごとに何かっていっちゃ大病にかかり入院してしまう静夫君の医療費をかせぐのに必死で、信乃さんの世話をしている、精神的、物理的ゆとりなんて、まったくなかったのだ。

そこで、静夫君が生まれてしばらくの間は、信乃さん、しょうがないからおじいさん、おばあさん、そして親類の家の間を、かわりばんこにぐるぐるまわされて育てられていたのだそうだ。

ところが。静夫君が生まれて二年たたないうちに、安川家、金銭的な問題で、親類達との間があんまりしっくりゆかなくなってくる。(要するに、当時の安川氏の経済力だけでは、静夫君の手術代等がまかないきれず——仕方なく、安川氏、お金をかしてくれそうなほとんどの親類から借金し、ついでにそれを——結果的に言えば——ふみたおしてしまったのである。)その上、信乃さんはその頃そろそろ五歳、六歳になれば学校に行くことになる。親類の間をたらいまわしになっている状況じゃ、信乃さんとしてもとても落ち着いて学校へ行けまい。

さて、ところで。

鳥居夫婦っていえば、その町内では有名な世話好きおじさんと世話好きおばさんのカップルだった。二人共、もうそろそろ六十に手が届こうっていう年齢だったのに、ついに子供を持つことができず、特に鳥居夫人の方は、自分の子供の世話をするのに向けられなかったエネルギーを、ほとんど町内の人々の世話をするのに向けているっていう感じがあって……。と、こんな世話好き夫婦と、娘の世話をするゆとりがなかった安川夫婦が隣同士で住んでいたのだもの、もう結果は見えていたも一緒。

五歳から信乃さん、一応名目上は安川家に帰り、実の処《ところ》鳥居家で育てられたのである。だから鳥居正義は、安川信乃にとっては、おじいちゃんと言うか、育ての親のような人間で……。

「例の事件の四年程前に、安川氏が引っ越しちゃって……おまけに、この時、安川氏と鳥居氏は大げんかして、それ以来、家同士の交際もまったく途絶えてたっていうんで、この鳥居さん、安川氏の近しい関係者の中にはいってていなかったんですが、どうやら信乃と鳥居氏は、そのあともこっそりつきあっていたらしいですね」

　こっそりつきあっていた。その中谷君の表現が、まるで信乃さんと鳥居さんの間柄《あいだがら》にふさわしくなかったのであたしちょこっと笑って（だって、こっそりつきあっていた、なんて言ったら、まるで恋人同士みたいじゃない?）、それからちょっと首をかしげる。

「でも……何で安川さんと鳥居さん、けんかなんかしたのかしら。だって、話を聞いた限りじゃ、鳥居さんって安川さんにとって、ま、いわば大恩人じゃない。その恩人とけんかするのも解《げ》せないし、まして娘が、いわば育ての親とも言うべき人に会うのにこっそりとしなきゃいけないだなんて……」

「そのけんかの理由が理由なんでね、俺、鳥居さんは絶対今度の事件に関係ないと思ってたんだ。そのけんかの理由ってね、どうやら安川さんの仕事に関するものだったらしいんだ」

「安川さんの仕事って……例の、にせティディアの粉の……」

「そう。ま、鳥居さんがそこまで詳しく事情を知っていたとは思えない。ただ、何かの折の安川さんの態度や何やで、安川さんの仕事が、どう考えても合法的でない、人に胸をはって言えるものでないってことが判ったらしいんだよね。で、鳥居さんっていうの、資料や何かによると、その名のとおり正義の人で……で、面とむかって安川さんを難詰《なんきつ》したらしいんだ。また一方、安川さんは安川さんで、今更仕事をやめる訳にもいかないし、こっちの苦しみも知らないで……っていうんで爆発しちまったらしくて……」

……また、話が訳判んなくなってきちゃった。何年か前、まだ安川さんが具体的にどんな悪いことをやっているのか、それが判らない時期に安川さんと決裂しちゃった『正義の人』が、何だって今になって、逆恨みしてお命頂戴になっちゃったんだろう……？

「話は判るよ。とっても、簡単だ」

と、あたしの顔色を読んだのか、太一郎さん、いとも気軽な調子でこんなことを言う。

「安川氏を中心において考えるから、何だって今頃……って感想がでてきちゃうんだ。話の中心を、信乃にうつしてごらん。今の状況にぴったりの絵が、できあがるから」

信乃さんに話の中心をうつしてみるったって、そもそも信乃さんは信乃さんで、鳥居さんが今どこにいるのかなんてまったく知らなかったみたいだし……。

てんで、あたしがまだ不得要領な顔をしていると、太一郎さんが丁寧に解説をしてくれた。

「信乃の生いたちを聞いて、はっきり判ることが一つ、あるだろ。安川がつかまったっていうのは、多分、信乃にとってたいしたショックじゃなかったと思うんだ。その鳥居ってじいさんにまで、安川がまともな商売してないっていうのがうっすら判ったくらいだから、身内の信乃は、もっとずっとはっきり、自分の父親がろくなことしていないって知ってただろうし……。だけど、その、静夫って弟が死んじまったのは、信乃にとって、大変なショックだったと思うよ。何つったって、自分の今までの苦労をすべて無駄にされちまったようなものだから」

☆

信乃さんは――こういう言い方って、あんまり好きじゃないんだけど――恵まれない子供時代、少女時代をすごした人だと思うんだ。何てったって多感な幼女時代は、親類間たらいまわしにされてたんだし、そのあとも、いくら鳥居夫妻がいい人達だったとしても、隣の家に実の親が住んでいるっていうのに、その実の親にろくすっぽかまってもらえなくて。

子供の頃は信乃さん、あるいはそれが原因で、拗ねたりしたこともあったかも知れない。でも、ある程度の年になれば、別にうちの親には自分に対する愛情がない訳でもうすい訳でもない、単に弟に手がかかりすぎるだけなんだってことは、自然に判っていったと思う。

と、そんな信乃さんの心の中で。静夫君っていうのは、一体どんな存在だったんだろう。ある時は親の愛情を独占してしまうねたましい存在だったかも知れないし、ある時は本当に可哀想な弟だったかも知れないし、ある時は……。

そんな時。父親が、つかまる。世間の人にうしろ指をさされるようになる。

あたしは信乃さんじゃないから、信乃さんの心境なんて、正直言って判らないけれど――でも。もし、あたしが信乃さんだったら。今までだっていろいろなことを弟の為だっていって我慢してきたんだもの、今回もまた、世間の人に何と言われようとも、どんな目にあわされようとも、弟の為にはしょうがなかったんだ、弟の為には他に方法がなかったんだって思って、耐えたんじゃないかと思う。

なのに。そんな局面で、問題の弟が死んでしまったら。

それこそ信乃さん、心の中にあった最後のとりでが崩れちゃったようなものだし――それに。じゃ、今まで、一体全体何だって、何の為に、あたしはいろんなことを我慢してきたのよっ！って気分になってしまっても、まったく無理はないと思う。それこそ、小さな子供だった頃、親類の間をたらいまわしにされたり、実の両親にあんまりスキンシップをしてもらえる暇がなかったってことまで、脳裏にうかんできちゃったとしても、しょうがないだろうと思う。で。あれもこれも、いろんな思いが、すべてあたしに対する逆恨みって形になっちゃって。

そんな状態の信乃さんが、安川さんの件だの静夫君の件だのを知って慌てて駆けつけてきたか何だか、とにかく信乃さんをはげまそうとしてやってきた鳥居さんに会ったとしたら。中谷君の資料のとおり、鳥居さんが正義の人だったら。とてもこんな信乃さんの状態、放っておくことはできなかっただろうと思う。

おそらく鳥居さんは、精一杯、信乃さんの心を解きほぐそうと努力して――でも、多分、力がおよばなかったんだろうと思う。

力がおよばない——ううん。そんな生いたちで、いろんなことを弟の為に我慢してきた高校生の女の子が、いきなり父親があんなことになっちゃって（おまけに、その前には、父親がやっている悪いことのせいで、育ての親ともひきはなされちゃって）、その上すべての原因である弟に死なれたりしたら。その心の傷、その逆恨みって、誰かがちょっと何かやったくらいじゃ、とても解きほぐせるようなものじゃなかった筈。

で——鳥居さんは。

何てったって信乃さんの育ての親だし、信乃さんの心の傷だの気性だのをすべて判っている人なんだろうから——あきらめたんだ。信乃さんを、説得することを。あきらめる——ううん、無理だって、判っちゃったんだ。

けど。

信乃さんを説得して、逆恨みをやめさせるのは無理だって判っても、鳥居さんにしてみれば、信乃さんが、あたしだとか太一郎さんだとかレイディだとかを、逆恨みして殺したり傷つけたりすることだけは、どうしてもやらせる訳にはゆかなかったんだろうと思う。

それは、おそらく、鳥居さんの正義感がどうのこうのって問題じゃ、なくて。

信乃さん、鳥居さんのことを〝おじいちゃん〟って呼んでた。そうだよね、年齢からいっても、信乃さんて、鳥居さんの、生涯欲しくて欲しくて、でも得られなかった孫娘なんだ。生涯欲しくて欲しくて得られなかった幻の子供が産んでくれた、子供よりも可愛いっていう、孫娘。可愛い孫娘が犯罪者になるのを手をこまねいて見ているおじいさんなんて、いない。でも、孫娘の心はもうすっかり固く決まっていて、また、孫娘がそうかたくなに思いこんでしまった心理的な経過も、よく判ってしまう。

鳥居さん、いろいろなことを考えたんだろうと思う。まだ若い、それこそまだ未成年の、これから先、ありとあらゆる可能性を持っている信乃さん。ま、その、人間としては比較的長いこと平穏《へいおん》に生きてくることができた自分。

で――そして。おそらく鳥居さん、突拍子もないことを決意してしまうのだ。信乃さんの先まわりをして――信乃さんがあたしに手を出そうとしたら――その前に、自分で、あたしを殺してしまおうって。（義手のこととといい、TVに出ちゃったこととといい、信乃さんが逆恨みをして手を出すとしたら、まずその相手はあたしだっていうことは、確かだもんね。それに、太一郎さん、レイディ、あたしの中では、あたしが一番狙いやすいのも事実だし。）

でも。さすがにどたん場で、鳥居さん、悪役に徹しきれなかったんだ。どうしてもあたしを殺すことができず、しょうがない、怪我をさせたり、何ヵ月も昏睡状態にすることでお茶をにごそうとして……。

「ついでにつけ加えるとね」

太一郎さん、あたしが自分の考えをある程度まとめた頃を見はからって、こう声をかけてくる。

「安川信乃は、一回、完全にその鳥居ってじいさんと音信を絶ったんだよ。そういう条件をいれないと、どうもこの絵、うまいことはまらなくなる」

「え?」

「その静夫って弟が死んだあとで、一回、安川信乃は行方不明になったんだろ? で、その間に彼女、おまえを殺せるよう、その手の技術の習得にはげんだんだと思う。……そうじゃなきゃ、おかしいんだよ。大体、普通の高校生が、いくら逆恨みに燃えたからって、俺を尾行させて時間かせいだり、下手とはいえ五種類の声を使いわけたり、そうも見事におまえをふっとばしたりできる訳がないだろうが。それに、そうやってろくでもない技術をみがいてでもいないんなら、一年以上前に、彼女、逆恨みでおまえのまわりに出没してる筈だ」

「……成程」

「で、当然、その手の技術を学ぶ間、安川信乃は鳥居ってじいさんと音信を絶った」

そりゃ、そうだろうな。何とか自分をとめようとしているおじいさんに、これからあたし、ちょっと人殺しの特訓しに行って来ます、だなんて言える訳がない。

「で、じいさんの方はじいさんで、あせっちまったんじゃないかと思う。急に安川信乃が消息絶って……。早まったことをするんじゃないかと思うと、じいさんの方だって、生きた心地はしなかったんじゃないだろうか。で、たまりかねたじいさんはじいさんで、勝手に動いちまったんだ。そのせいで、殺しの特訓にはげんだ一年余りの間に、何故か安川信乃は逆恨みのあまりあゆみを殺すのをやめたのに、それをじいさんに伝えることができなくなっちまった。今度は信乃の方が、生きた心地はしなくなっちまっただろうな。じいさんは、未だに信乃があゆみを殺すつもりだって信じこんでる。下手すりゃ、信乃があゆみの前に姿をあらわした処で、じいさんの方が先走ってあゆみを殺しちまうかも知れない。そんなことになったら、自分の大事な育ての親、名前のとおり〝正義の人〟なんて呼ばれてたじいさんが、自分のせいで殺人犯になっちまう」

あ。それでか。

最初に信乃さんがうちの事務所で、もう一人、あたしを逆恨みしている人がいるって言った。あれって――ま、あたしに対する警告の意味もあったのかも知れないけど、でも、それ以上に、鳥居さんを間違っても殺人犯になんかしたくないっていう、信乃さんの気持ちのあらわれだったんだ。

……あれ……でも……あれ？

今の話、あのおじいさんの言動《げんどう》だとか、信乃さんの言動だとかを考えると、なかなかうまいこと符節《ふせつ》があうんだけど――でも。二つだけ、判んないことがあるんだよね。

「一つ。信乃と鳥居は、お互いに連絡がとれない状態だった。だとしたら、何故、信乃があゆみにまとわりつきだした途端、鳥居が出現したのか。そして、二つ目――これが一番訳判んない疑問。そもそも一体何だって信乃は、あゆみにまとわりついているのか」

と、太一郎さんが、あたしの顔を見て、まさにあたしの心の中にうかんだ疑問を言ってくれる。そして、あまりといえばあまりにぴったりと心の中を見透かされてあたしが驚いていると、おまえの考えてることなんざ、先刻お見とおしなんだよって感じのウインクよこして。

そう。一つ目の疑問は、まだいいとして、二つ目。ことがこういう様相を呈してくると、これ、本当に謎になっちゃわない？

信乃さんがあたしにちょっかいをかける理由、信乃さん本人は、そうでもしなきゃ心の整理がつかないって言った。もし、鳥居さんのことがなかったなら、あたし、その理由で充分納得できたと思う。でも、鳥居さんのことを考えると。

この理由、おかしいんだ。こんな理由だけで、今更信乃さんがあたしにまとわりついてくる訳、ない。だって、信乃さんが行動おこすってことは、下手すると鳥居さんも行動おこすってことで――たかが心の整理をつける為だけに、育ての親、おじいちゃんと呼んで慕っている人物を、人殺しにしてしまうかも知れない危険を、信乃さんがおかすとは思えない。

「それにさ、もっとずっとおかしなことがあると思わないか？　俺達にとってみれば、こっちの方がはるかに都合がいいから、都合のいいことの裏までは、全然考えていなかったけれど……」

こう言うと太一郎さん、ちょっと物思わしげに眉をひそめて。

「何故、殺しの技術だか何だかを習っている一年間に、安川信乃は気を変えたんだ？　何だって、おまえを殺す気を、なくしちまったんだ？」

「それは……だって……一年もたてば、人間落ち着くだろうし……」

しどろもどろにこう言いかけて。あたし、自分でもそれ、気休めだって気づいた。

だって、信乃さんの育ての親である鳥居さんは、しっかりまだ、信乃さんがあたしを殺す気だって誤解してた。ということは、育ての親から見ても、信乃さんて、時間がたったからって落ち着いて何もかも水に流せる性格ではなかったってこと。それに、その一年間、信乃さんがあたしを殺そうっていう暗い情熱をもやしてその技術の獲得に没頭していたのなら——ある目標の為に精一杯努力している人間が、努力のまっ最中にぱっと気を変える、なんてことが、あり得るだろうか……？

「あと、細かいことを言うならば、黒木だ。おまえを殺そうと思いつめて訓練なんかしちゃって、ある日ふいに悔いあらためて、おまえに対していやがらせをするだけでやめとこうって思った人間が、何だってまた黒木みたいな奴をやとうんだ？　やとうっていうことは只《ただ》じゃないってことだ。破産して一家離散した人間が、ただのいやがらせの為に火星まで来るってだけでも普通じゃないのに、その上人をやとうとは何事だと思う？」

……確かに。

でも——とはいうものの。信乃さんには、どう考えてもやっぱり、今となってはあたしを殺す気はないみたいだし……。

と。先刻から鳥居さんの写真をためつすがめつやっていた麻子さんが、ぽろっと口をはさんだ。

「ねえ――気のせいかも知れないけれど……あたし、この鳥居さんって、知ってるわ」

「え⁉」

「あの……うーん……多分、ね。あんまりじっくり見たことはないから断言はできないけど……この人、うちのビルの一階のお花屋さんのおじいさんじゃない？」

「へ⁉」

お花屋、さん？　それも、うちのビルの一階の？

「お花屋って、あのフラワーショップ・間庭《まにわ》って店？　エレベータのま横の……」

「そう。ほら、八ヵ月だか九ヵ月だか前に、あそこ、バイト募集のはり紙だしてたじゃない。それでね、この間うちのビルの管理組合総会でね、ちょっと話題になったのよ、あのおじいさんのこと。バイトのはり紙だしたら、学生じゃなくてとっくに還暦《かんれき》すぎたおじいさんがやってきたって。あんな年のおじいさんが、店番でも何でも仕事をやらないといけないだなんて、火星の老人福祉行政はどうなってるんだって間庭さんの御主人、怒ってたわよ」

ビルの管理組合、かあ。一応、水沢所長もこのビルの店子《たなこ》の一人だから、当然そういうおつきあいもちゃんとやらなきゃいけない筈なんだけど、どうやらこの感じじゃ、そういう雑務も全部、所長ったら麻子さんにおしつけてるな。

「あんな処で店番やってりゃ、そりゃ、信乃があらわれた途端、狙いすましたようにじいさんが出現する訳だよな。それに……あ、そうか、だからあのじいさん、エレベータ使えなかったんだ」

……あ、成程ね。ビルの一階のお花屋さんで店番してるなら、当然、ビルの店子の中にはあのおじいさん知っている人がいたっておかしくない。そんな環境で、重たそうな荷物かかえたおじいさんがエレベータに乗ってたら、親切にも荷物を持ってあげようって人がでてきてもおかしくないもんね。で、それを避ける為におじいさん、わざわざ階段を上ったのか。(だって、その荷物って、一応爆弾な訳でしょう? だとしたら、とてもじゃないけど善意の他人に持たせる訳にいかないじゃない。万々が一、その善意の他人が持っている間に爆発しちゃったら……それこそ、冗談じゃないもの。)

「で……どうする気だ、あゆみ。一応そのじいさんの素姓《すじょう》が判ったんだから、じいさんの処へ行ってみるか? ……つっても、まあ、多分何もならんだろうけど……」

そうよね。もし、あたし達が推理したような理由で鳥居さんがこの件にかんでいるんなら、今更鳥居さんに会いに行っても、謝られておしまいっていう気がしないでもない。

「ま……いいわ、鳥居さんは放っとこうよ。それよりも……会えば話してくれるっていうものでもないだろうけど、でも、信乃さんとお話をしたい、あたし。結局の処、訳判らないのは信乃さんの行動だけなんだし……それに、こんなことってあたしの心配する筋合いのことじゃないかも知れないけど、あたしに意地悪してうっぷんをはらしたあと、信乃さんがどうする気なのか、聞いてみたいような気がする。考えてみればあたしに意地悪するのって、まったく生産性がないことな訳でしょ、そんなことであたら時間を無駄にして……信乃さんの生計《せいけい》って、ちゃんと成り立っているのかしら」

と。あたしは本当に何気なく——本当言うと、特に何も考えないで——この台詞を舌にのせたのだけれど。あたしのこの台詞を聞いた途端、熊さんと所長、目と目をみかわして、で、二人して、いかにも『所長が言って下さいよ』『いや、こういうことは熊さんの方が……』って、台詞をおしつけあうようなボディランゲージをひとわたりして、そして結局、熊さんがしぶしぶ口を開いた。

「あのね、あゆみちゃん」

何だろ、熊さん、すごく言いにくそう。

「えーと……あゆみちゃんに他意はない、信乃さんのことをあゆみちゃんが心配しているのは、心底あゆみちゃんが優しい子だからだってことは、判っているんだが……でもね、信乃さんには、間違っても、そんなこと言っちゃいけないよ」

「何で？　……あ、やっぱ、さしでがましいかなあ……」

「じゃなくて、信乃さんにとって、何が一番屈辱的《くつじょくてき》かっていえば、逆恨みしている当の本人のあゆみちゃんに同情されるくらい屈辱的なことはないんだから……」

あ、うん、それは判る。だからあたし、熊さんに一回大きくうなずいてみせて。

「そのくらいのことは、判ってます。あたしだって信乃さんに同情する気はないし……だから、あれ、同情じゃなくて、心配なんです。友達——とはさすがに言いにくいけど、一応、信乃さんてあたしの知りあいな訳だし、知りあいのことを心配したって」

「まずいよ、それ……少なくとも、私はまずいと思うよ。えーとね、何て言ったらいいのかな……」

熊さん、何故か途方にくれたような表情になって、太一郎さんに救いを求めるような視線をおくる。でも太一郎さん、いかにもわざとらしく熊さんの視線をはずしてしまい。

「俺はあてにしないでいただきたい。大体が俺は、あゆみをはじめ、所長だとか熊さんだとかの人のよさにあきれ返ってるんだから。一体全体何が哀しくて、あの信乃なんて女にそうまで優しくしてやんなきゃならんのか、俺にはさっぱり判らない」

「優しくったって、だって信乃さん、まだ未成年なのよ？　未成年の子が、いろいろつらいことがあってついついあたしを逆恨みしちゃったっていうだけじゃない。それも、どういう訳かちゃんと改心して、単にいやがらせをするだけに逆恨みをおさえててくれるし」

太一郎さんの言い方が、何かあまりに素気なくつめたかったんで、あたし、ついつい声が大きくなってしまう。と、何故か所長と熊さんは更に暗い顔になり、太一郎さん、そんな二人を鼻でせせら笑うように。

「おまけに当のあゆみは所長だとか熊さんだとかが心配している事態を、ごらんのようにまったく理解してない。……言っとくけど俺は、こんな状態のあゆみに〝優しさ〟ってもんの基本概念を説明してやる気は、ぜーんぜん、ないからな」

つって、太一郎さんそっぽを向いちゃって……あれえ、珍しい。太一郎さんったら、かなり本気で怒ってるんだ、この感じだと。

でも、何でこんなに唐突に太一郎さんが怒るの？　ついでに——あーん、あたしには、話の筋が、まだ全然見えないよお。どうやらあたしの何らかの理解力不足が所長と熊さんの顔をしかめさせ、ついでに太一郎さんも怒らせているみたいなんだけど……あたし、一体何を理解していないっていうんだろう？

「……しょうがないなあ……」

と。所長も珍しく苦々し気な口調になって。

「えーとね、ちょっときつい言い方になるけど、あゆみちゃん」

「あ、はい」

所長の口調が、何故か割ときついものだったので、あたし、思わずびくんとしてしまう。

「単刀直入に言うと、あんたの優しさって、信乃さんにとって迷惑以外の何物でもないだろう」

「………」

へ？　えっ？

あ、あの……やっぱ、あたしって理解力ないのかなあ、所長の台詞の意味が……よく判んないよ。大体あたし、そんなに優しいことを信乃さんに対してしたっけ？

「本人があれだけはっきりと逆恨みしてるって宣言をしたんだから、信乃さんにとってあゆみちゃんがどういう存在なんだか、あゆみちゃんにだって判っていると思う。要するに仇役《かたきやく》っていうか……信乃さんの、憎むべき対象が、あゆみちゃんな訳だよな。……て、ここまでは、判るね？」

「あ、はい」

「したらそのあとを——あゆみちゃんが信乃さんになったつもりで考えてごらん。とにかく憎まなきゃいけない、憎むつもりでいた相手が、あゆみちゃんのような性格だったら、どういうことになるか」

うーん、自分で自分を憎んでいるなんて想定するの、むずかしいな。にしても……うーん、憎むべき相手が、自分自身なんていう身近すぎる存在のせいだろうか。どうも何か……憎みにくい。

「憎めないだろ」

と、ふいにぼそっと所長が言う。

「森村あゆみって、もの凄く憎みにくい性格をしているって、自分でも判るだろう」

「……はい」

ま、あたしにとっても、あたしが憎たらしい性格をしているって思うより、憎みにくい性格をしているって思った方が、嬉しいので、あたし、何も考えず、ほとんど条件反射でうなずく。

と、所長は更に暗い顔になって。

「そこの処をもうちょっとよく考えてごらん。憎む相手が憎みにくい性格で、その上逆恨みしている自分のことを、友達だの知りあいだのって言って、心配してくれる。こうなると、信乃さんの精神状態、どんなものになると思う？」

「えーと……あたしとしては最終的に、信乃さんが逆恨みをやめてくれると嬉しいんで……で、こういう、前程とげとげしくなくなった関係がこのあとも続くと、そのうち信乃さん、あたしのことを逆恨みするの、やめてくれるんじゃないかと……」

「だろ。そうなるよね……。で、最初の処に話がもどるんだけど、信乃さんは、好きであゆみちゃんに逆恨みをしてたのかい？」

「いえ、そんな、好きで逆恨みする人なんている筈ないじゃないですか。逆恨みでもしなきゃ、どうにも精神のバランスがとれず、で、しょうがなしに逆恨みを……あ」

あ。

あ、そうだ、本当だ。まずい。

逆恨みでもしなきゃ精神のバランスがとれなかった人を、逆恨みもできないような状態にしちゃったら……それって、すごく残酷なことなのかも知れない……な。

「あゆみちゃんがそういう態度で信乃さんとつきあい続けていれば、嫌でもそのうち、信乃さん自己嫌悪に走るんじゃないかと思う。大体が最初っからあゆみちゃんには非がない訳だし、その上あゆみちゃんが、そう好人物まるだしで信乃さんとつきあい続けたら、信乃さん、どんどんどんどん自分に嫌気がさしてくるだろう。……大体、あゆみちゃんと信乃さんは、出会った条件が悪すぎるんだよ。ま、その、悪いのはあっちだが、一応、あゆみちゃんは信乃さんにとって親の仇になる訳だろ？　仇同士が仲良くなると——信乃さんの方に、余計な心理的負担が、どっとかかるぞ」

そうか。そうなるよね。

信乃さんがあたしと仲良くなるってことは、信乃さんがあたしの存在を肯定したってことで……ということは、安川さんがつかまったのも、静夫君が死んじゃったのも、あたしのせいじゃないんだって信乃さんが納得するってことで……でも、信乃さんがそれを納得しちゃったら、じゃ、そのあと信乃さん、それを誰のせいにすればいいっていうんだろう。あたしをのろいちゃったら、もう信乃さんには逆恨みできる相手はいないし……そうなったら、信乃さん、感情のおきどころがなくなってしまう。

「でも……じゃ、あたし、どうすればいいんです？」

でも。そんなこと言われたって。あたし、本気で判んないよ、どうすればいいのか。

「……本当に優しい人間なら、そういう場合、憎まれ役にわざとなってあげるんだろうね。人間には、どうしても誰かを憎まずにいられない時っていうのがあるんだろうし、そういう時、わざと憎まれ役買ってでてくれる人がいると、確かに救われるよ」

わざと憎まれ役になるってことは——あたし、信乃さんを苛めたり、信乃さんが『何て嫌な人間だろう』って思うような行動、とればよかったんだろうか。ま、確かにあたしがそういう行動とれば、信乃さんは何の遠慮もなく、目一杯逆恨みができただろうけど……でも。でも、やだよお、あたし、そんなことできない。

「そんなことしてやる必要はないよ。何の因果であゆみがそこまであの信乃って女に気をつかう必要があるっていうんだ」

と、太一郎さん、まだ完全に怒った口調で所長の顔をにらみつけてこう言う。

「あの信乃って女が、あゆみの長年の親友だったり恩人だったりしたなら、ま、そのくらいの気はつかってやってもいいかも知れない。でも、全然立場が違うだろう？　したら何だって」

「まあまあ、山崎君……」

って熊さんが割ってはいったのを、太一郎さん、右手の一ふりで軽くいなして。

「熊さんに異論があるのは判ってます。熊さんはとにかくやたらと人がいいんだし、熊さんくらい人がよくて人間ができてれば、まったく関係のないあの信乃って女に必要以上に気をつかってやることもできるだろうと思います。でも、あゆみは熊さんとは違うんだし、それに第一」

太一郎さん、ちょっと台詞を切ると、まっ正面から所長を睨みつけて。

「俺は水沢さんがここまで人がいいとは思ったこともなかったし、今でも思ってない。あゆみの、信乃って女に対する態度についてだって、だから、ひょっとしたら熊さんからクレームがつくことはあるかも知れないとは思っていたけど、水沢さんからクレームがつくとは思ってなかった。……俺としては、ぜひ聞かせてもらいたいですね。何だって水沢さん、急にそんなに人がよくなっちまったんです」

「あ、いや……その……考えてみれば、信乃さんていうのも可哀想な人だろ、だから……」

と。太一郎さんが正面切ってせまると、何故か所長、おどおどしてしまって。

「水沢さん。いや……言いたかないが、兄さん。あんたがそんなに人がよかっただなんて、俺に本気で信じさせる気か？　あんた、そこまで俺を莫迦だと思ってんのか？」

太一郎さん、妙にすごんだような目つきになって所長を睨んで——えええっ！　今、太一郎さん、何て言った？

「まあ、待て、太一郎。あのな」

「あのなじゃねえだろうが、兄さん。俺の知ってるあんたは、そこまで人がよくなかった筈だし、ついでに頭もよかった筈だ。あんた一体、何考えて何たくらんでるんだ？　とっとと白状しちまった方がいいと思うぜ。何せ俺はあんたのことを兄さんって呼んでやってるんだ」

「判った。判ったから太一郎、そうこっちにつめよるな。おまえが俺のことを兄と呼ぶのは、真剣に怒ってる時だってことは、経験上、嫌っていう程よく知ってる」

ええええ⁉ じゃ……じゃ、太一郎さんと所長って、兄弟……なの？ 嘘お、だって名字からして違うじゃない！

「じゃ、その、ひらきなおって言うとだな、俺はおまえよりずっと頭がいい」

完全にひらき直ってしまった表情になって、所長、こう言うと太一郎さんを睨みつけた。

「だから、おまえよりずいぶんいろいろなことが判る。……俺にはね、あの安川信乃って女のうしろにいる黒幕が誰だか、判ってんの」

黒幕……？

「安川信乃は、どういう訳か改心して、あゆみちゃんだのおまえだのを殺すのをあきらめた。で、おまえが言ったように、人殺しの技術の習得にはげんでいる最中に相手を殺すのをやめる気には、普通、ならん。だからそこには、鳥居老人ですらできなかったテクニックを行使して、信乃にあゆみちゃんを殺すことをあきらめさせた誰かがいる筈なんだ。おまけに、鳥居老人のことがあるにもかかわらず、信乃はあゆみちゃんにまとわりつきだした。この裏にも、誰かの意志を感じる。誰かが信乃にあゆみちゃんにまとわりつけっていう命令を下したからこそ、信乃はあゆみちゃんにまとわりついているんだと思う。で……信乃にそんなことを命令できる人

間は、おそらく、信乃にあゆみちゃんを殺すのをあきらめさせた、その誰かに違いないだろう
と思う」

「ああ、そこまでは、いい。それで？」

「ところで一方俺達は、木谷真樹子っていう女を知ってる。で……木谷真樹子が、地球でティディアの粉の関係者の告発をやりおえたら、次に何をすると思う？」

「さあ……。関係者の家族の救済、かな」

「それしかないと俺も思う。ティディアの粉に関係した、その本人は、勿論、どれだけ罰せられても当然だけれど、その家族に罪はないからな。で……木谷真樹子が、ティディアの粉の関係者の家族を救済しているうちに、安川信乃にめぐりあわないと思えるか？」

「……思えない」

「真樹ちゃんなら、信乃を、あゆみちゃんを殺さないよう、説得できると思わないか？」

「……思う」

「だろ。だから俺は、今回の事件の黒幕は、真樹ちゃんだと思う。……何故か、なんて聞くなよ、正直言って俺にも判らないんだから。とにかく、何故か真樹ちゃんは、安川信乃をあゆみちゃんに接触させた。信乃とあゆみちゃんを接触させて、で、放っとくと、どうなると思う？」

「ま、信乃はあゆみが憎めなくなるだろうな……」

「だろ。ここで判らないのは真樹ちゃんの真意だ。まず大体が、信乃にあゆみちゃんを接触さ

せて、真樹ちゃんに何かメリットがあるとは思えないし……だが、真樹ちゃんが何のメリットもないことをやる筈がない」

「まあな。ただ、真樹子があゆみにとって何らかの意味でマイナスになることをするとは思えんが……」

「俺も、一応、そう思う。だが、あいにく俺は頭がいいんだ。頭がいい人間は、どんなことでも、一応深く考えてみる。で、深く考えてみた結果、真樹ちゃんの真意が判らないうちは、真樹ちゃんが予想したように話が進まない方がいいと思った」

……確かに太一郎さんと所長って兄弟なのかも知れない。あたし、太一郎さんのことをずっと、自信過剰が服着て歩いているような人間だって思ってきたけど……所長だって、これ、相当なもんだわ。

「成程、ね。で、わざわざあゆみに信乃に嫌われるような行動をとるようすすめた訳か」

太一郎さんはこう言うと、ちょっと気障に肩をすくめてみせて。

「すいませんでしたね、水沢さん、妙な風に興奮しちまって」

言葉づかいが急にあらたまってしまう。と、所長もまた、にやっと笑って。

「判ってくれればいいんだ。ただ……も、面倒だから太一郎、早いとこ結婚しちまえよ。これから先、あゆみちゃんに何かあるたびおまえがとっちらかるのかと思うと、正直言ってたまらん」

と、所長の台詞をうけて、中谷君が。

「でも、所長、そんなこと言えた義理なんですか？　結婚してても麻子さんに何かあれば、所長、充分とっちらかっちゃうでしょう？　兄弟なんだから、山崎先輩も、結婚してもあゆみに何かあれば、絶対とっちらかりますよ」

で、この台詞で、麻子さんと熊さんは笑い——えええ！　中谷君も、所長と太一郎さんのこと、すんなり兄弟って言ったぞ。でもあたし、そんなこと、今の今まで……あ、ちょっと、待って。

話が、あまりといえばあまりにあっちこっちへすっとんだので、ちょっと展開についてゆけずおたおたしたけど、考えてみれば、今、問題なのは、所長と太一郎さんの血縁関係についてなんてことじゃ、ないんだ。

レイディ——木谷真樹子さん。

彼女が、今回の信乃さんの逆恨み騒動の黒幕だって、ひょっとして所長、言わなかった？ついでに言うと、太一郎さんも、何かあっさりと、それ、うけいれなかった？　でも——ちょっと待ってよ、まさかそんな、そんなことがある訳ないじゃないっ！

「つじつまは、ぴったりあうんだよ」

と、太一郎さん、ふいにあたしの方を向いて。

「おまえの左手の件についてだって、おそらくは設計者も気がつかなかったであろう弱点に、真樹子なら気がついて当然なんだ。何てったってあいつは、おまえよりずっと前からあの腕を所有してたんだし、おまえと違って、腕の設計それ自体にも興味を持つようなタイプの女だし、技術関係にも明るい。……あの腕を一発で簡単に壊された時点で、この件には真樹子も一枚かんでるって気づいてよかったんだ」

「でも……だって……」

「おまけに、あの信乃って女と組んでいるのは、あの黒木だ。こんな広い宇宙で、信乃が腕のたつパートナーを探して、で、偶然黒木にゆきあたると思うか？ どう考えたって、信乃と黒木が組んだってことは、誰か、俺と黒木のいきさつを知っている奴のしわざとしか思えない。……真樹子なら、その辺のことはすぐ調べられただろう」

「でも……あの……」

「信乃の生活費も、火星に来るのに必要だった費用も、黒木をやとった金も、真樹子が一枚かめばすぐ説明ができる。おまえのアパートも、うちの連中が一番よく行く定食屋も、真樹子は調べるまでもなく知ってる」

「けど……でも……そもそも、一体全体何だってレイディがそんなことするのよ！ その理由って、太一郎さん説明できる⁉ できないでしょう⁉ 普通の人間は、理由がないことってしないのよ！」

「問題は、それだな」

太一郎さんはこう言うと、肩をすくめて所長を見る。所長もまた、太一郎さんと同じように肩をすくめて。

「まったく動機が判らんし――推測もつかんし――どんな可能性も、思いつかん」

ほらあ、その辺のとこが全然判っていないのに、勝手にレイディを黒幕にしないでよお。

あたしが、こう、抗議の叫びをあげようとすると、見事にそれをおしつぶすタイミングで、所長。

「ただし、黒幕を真樹ちゃんに限らなくとも……誰が黒幕だとしても、動機はまったく判らんが」

で、あたしの叫びは、不発のまま心の奥に封じこめられてしまい。

その瞬間、ドア・チャイムが鳴った――。

PART VII
時代劇のおじいさん

「煮るなり焼くなり好きにして下さい」

もし、あなたの家に来た訪問者が、ドアをあけた途端こんなことを言って、ドアの前で土下座してしまったら。あなた、一体、どうする？

ドア・チャイムにつられてドアをあけた麻子さん、まさにこんな難問に唐突に出喰わしてしまい、困り果てて、事務所の人間を全員、玄関先までひっぱりだしてしまったのだ。この場合、土下座しているのは勿論《もちろん》鳥居老人で――あたしをはじめ、一同全員、どうしていいのか、も、一瞬パニックにおちいりかけてしまった。

「あの……鳥居さん、ですね？」

でも、一応全員を代表して、一番年上の熊さんが、何とかこう声をかける。

「いや、さすがは、もうわしの名前まで御存知ですか。でしたらその……安川信乃とわしの関係についても、当然御存知でいらっしゃいましょう。いや、お恥ずかしい、申し訳ない、すべてわしの早合点《はやがてん》でして、何もかもわしが悪いのでして……どうぞ、お好きなように御成敗《ごせいばい》下さい」

ご……御成敗下さいったって、これは時代劇じゃないのであって……。

「あの、どうぞ、お顔をお上げになって下さい。我々としても、森村嬢とあなたとの間に、不幸な行き違いがあったことは、存じております。ですが、我々一同、それはすべて誤解から発生したことだってすでに知っておりますし……ですから、あの、どうぞ、お顔を上げて下さい」

「いや、そこまで御存知とはまことに面目《めんぼく》ない。それもこれもすべて、このじじいめの老いが犯させたおろかな間違い、どうぞこの場でお好きなように御成敗下さいますよう……」

……鳥居正義さんって、実は、正義の人じゃなくて時代劇の人だったんじゃないだろうか……?

「いえ、ですからあの、もううちの連中は、まったくあなたを恨んでない訳でして……その、どうか土下座をやめて下さい」

「いえいえ。いろいろ行き違いはありましたものの、そちらのお嬢さんにはずいぶんなことをしてしまいました。かくなる上は、何条もって生き恥さらせましょうか。どうぞ、御存分に御成敗下さいますよう……」

な……何条もって生き恥さらせましょうか、ときたもんだ。これはもう、このおじいさん、完璧に生きた時代劇だわ。

「ねえ……」

で、思い余ったあたし、こっそりと太一郎さんにこうささやく。

「いっそのこと、葵《あおい》の紋所《もんどころ》いりの印籠《いんろう》でもかざさない？　ひょっとしてその方が余程早く話がつくと思わない？」

★

で、まあ、何だかんだあって、十分後。鳥居老人は、うちの事務所の応接室にいた。（ここへたどりつくまでは、本当に大変だったんだから。まさか本気で水戸黄門《みとこうもん》の真似をする訳にもいかず、最後の頃は、『おわびの証拠にここで腹をかっさばいてみせましょう』っていう鳥居さんを説得するのに、も、うちの事務所の連中、総出よお。）

ついでに。玄関先土下座こそやめさせたものの、話はまったく、まだ、かみあってないのね。

鳥居さんは、あたし達がどんなに気にしてないって言っても、がんとしておわびしまくり――あのね、早い話、人に『ごめんなさい』って言われて、こっちが、『いいえ、もういいんですよ』って言って……それでも先方が、あくまで、『いえ、それではこちらの気が済みません』って言い続けると……話って、びたの一歩も、すすまなくなるのね。

そして。

応接室でそんな、問答にならないおし問答を五分もやったら、まず、熊さんがくじけて抜けてしまった。

その気持ちは、本当に、よく判った。

だって、嫌なのだ——嫌なのよ、こんな状況って。

鳥居さん。小柄でやせぎすで頭はもうすっかりすずしくなっちゃってるとはいうものの、黙ってただそこにすわっていれば、なかなか貫禄のある立派なおじいさんなのね。そのおじいさんが、もう白くなってしまった口ひげをほとんどじゅうたんにおしつけんばかりにして、目の奥にはかすかに涙のようなものまでためて、こんな若僧達に必死で謝り続けるだなんて（七十をすぎたおじいさんと比較すれば、熊さんだって所長だって、まだ立派な若僧よ）——こんなの、見てる方が、ずっと申し訳なくて、ずっと情けなくなってしまう状態だよお。

それに。

こっちはもう、何度も何度も何度も何度も、判っております、気にしてません、どうぞお気にせずにって言ってるんだし——実際、もはや誰も、鳥居さんに対して怒ってなんていないのに。なのに、こんなにひたすら謝られ続けると、何だかあたし達、みんなしていたいけなおじいさんを苛めているみたいな気分になってきちゃうじゃない。

あ、でも。そんなこと思ってみても、また、鳥居さんの気持ちも、判るんだよね。要するに鳥居さんって、あたしなんかに較《くら》べると真面目すぎるし、律義すぎるし……自分の早とちりで、あたしにあんなことしちゃって、こんな程度謝ったんじゃ、まだ本当に気が済んでないんだろう。そう思うと、鳥居さんは勿論、責められないし。

で。更にその三分後、見ていられなくなったらしい所長が抜け、お茶をとりかえるふりをして麻子さんまで抜けて。こうなっちゃうと、残ってる三人じゃ、太一郎さんは口があんまりよくないし、中谷君に『もう気にしないで下さい』っていう説得をまかせると、話がどんどんまわりくどくなるだけだし（それに元来、鳥居さんが謝っている直接の対象はあたしなんだから）、しょうがない、ほとんどあたし一人で鳥居さんに説得を続けて。

そうしたら。

そうしたら、何か、段々、腹がたってきてしまったのだ。あ――つっても、勿論鳥居さんにじゃなくて……何て言ったらいいのかな、この世の中、全部に対して。あるいは（お、これは本当に何て言ったらいいのか、もっと判らんぞ）――自分に対して。

安川さんは、悪いことをした。それは勿論、それは絶対、悪いことをしたのだ。うん、ここまでは、いい。

でも、ま、これは言い訳にしかすぎないんだろうけど、安川さん側には、静夫君っていう要素もあったんだ。けど、それでもやっぱり、安川さんのやったことは、悪い。

だからって。だからって静夫君が病院を追い出されたり、安川家の人々がひどい目にあわされたりしていいってことは、絶対、ない。これは、絶対、絶対、間違ってる。

けど。人間の感情として、今まで普通に御近所づきあいしていた家の御主人が、五、六歳児の大量虐殺《ぎゃくさつ》にかかわっていたと知って……それでも、その人の家族に対して、態度を変えないでいる、だなんてことが、可能だろうか。特に、自分の子が今、五、六歳だったとしたら――そういう、まわりの人々が、五、六歳児大量虐殺の関係者の家族に、それまでと同じ態度でいられるだろうか？　……いられないいんじゃないだろうか。

じゃ、あたしがＴＶに出たのがいけなかったんだろうか。話を秘密裡にはこべばよかったんだろうか。――ううん。だって、あの時は、レイディの命がかかっていたんだし……あの時、あたし、絶対後悔しないことに決めた筈。あの事件を、たとえ一つでも、一ヵ所でも、後悔なんてできやしない。それに、あたしがＴＶに出ようが出まいが、あの件が公《おおやけ》になった途端、どこのマスコミも狂ったようにあの事件にくいついてゆく筈で――どっちにしろ、安川家の平安が、続いた訳がないのだ。

そして。静夫君の為に今まで我慢してきた信乃さんが、あたしを、逆恨みした。これだって
……もし、もし万一、あたしが信乃さんの立場だったとしたら……あたし、絶対逆恨みしなかったと言いきれるだろうか。信乃さんとあたしの一番大きな違いって、あたしの父親はまともな普通の父親だったけど、信乃さんの父親は犯罪者だったっていうこと。あたしの方が、信乃さんより、こと父親に関する限り、それはもう圧倒的に恵まれていたのだ。親っていうのが

選べないものである以上、圧倒的に恵まれなかった人が、恵まれた人を逆恨みしても……それは、ある程度、仕方のないことなのかも知れない。

それに、その上。あたしには、レイディにもらった腕があった。あの腕を、レイディがあたしではなく信乃さんにあげていたら、おそらく静夫君は助かっていたんじゃないかって金額の、腕が。だとすると……よりいよいよ、信乃さんの逆恨みも無理がないって気分になってくる。

あ、とはいえ。レイディにはレイディで、信乃さんに腕をあげなきゃいけない理屈なんて、何一つない訳。一応、立場的に言えば、あたしはレイディの為に腕を失った訳だし、信乃さんはレイディの子供を殺そうとした男の娘の訳だし。レイディが、信乃さんにあの腕をあげなかったのは、当然、逆恨みされるべき筋のことではない。

そして、鳥居さん。孫娘のように可愛がってきた信乃さんが罪を犯すのにたえきれず、かわりに自分がその罪を犯そうとした。これだって、話を聞いた限りじゃ、泣かせるじゃない、としか言いようがない行動って言えば行動なんだよね。でも、実際そんな行動に出られると、はっきり言って迷惑以外の何物でもない訳だし。

かといって、じゃ、事情が判った今も、迷惑をかけられたあたしが怒っているかっていうとそんなこともなく、なのに鳥居さん本人は、気にしちゃって気にしちゃって、このあとまだ一時間以上、ひたすら謝り続けそうだし……で、もっとはっきり言っちゃうと、そんなに謝り続けられる方が、どっちかっていうと、更に迷惑だったりして。でも、ここまで恐縮しきっている人に、勿論、そんなこと言えない。

で。

で。

何なのこれ！　何なのよ、これ！

物事に、もし本当に正義と悪とがあるのなら。もし本当に、正しいことと正しくないことがあるのなら。もし本当に、いいことと悪いことがあるのなら。

一体全体何だってあたし、こんなにいろいろ悩まなくっちゃいけないっていうの！　何だってあたし、こうも矛盾しまくっている全員の気持ちを、それも判る、でも、これも判る、とはいうものの、あっちも判る……なんて思わなきゃ、いけないのっ！

頭に来た。

もう、あたし、頭に来た。本気で怒った。何が何だか判らない——そもそもそれが何だかも判らない、世の中ってものに向かって。

人間、もっと素直で判りやすくなきゃ、やってゆけないわよっ！（しかし……世の中って……人間、なのかしらね。）

そして——同時に。

感じてもいたのだ。

怒りとは、明確に違う、でも、どこか怒りに似た、どす黒い、情けない、やるせない感情。

所詮、あたしって、偽善者なんだろうか。

それもあれもこれもどれも、他人の気持ちをみんなひっくるめて、あ、判る、あ、判る、あ、判る……って言っちゃえるのは……あたしが、真実の処そういうことをちゃんと考えてはいない、偽善者だからなのだろうか。

それに。そう、信乃さん。

あたしを憎んでいることによって、かろうじて精神のバランスを保っていたのであろう信乃さん。そんな人にまで好かれたいと思うだなんて……あたしって、実は、もっの凄いわがまま娘なんじゃないかしら。信乃さんの立場としては、あたしを好くことなんてできる訳がない、そんなことをすると余分な心理的負担、その全部が信乃さんにいってしまう、それを知りながらも、なおかつ、できればやっぱり信乃さんに好いてもらいたいなって思っちゃうあたしって……信乃さんの感情を理解してるって言っているくせに、何一つ、信乃さんのことを思いやっていない、わがまま娘なんじゃないかしら。

あの時、太一郎さん、〝優しさ〟ってものの基本概念って言ってたよね。本当に信乃さんにとって優しい態度は、わざと憎まれ役を買ってでてやることだって所長に聞いたあとでも……実は、まだあたし、それをやるだけの勇気を持っていないんだ。そんなこと、やりたくないんだ。人に嫌われたくはないいんだ。だとすると、やっぱりあたしって、本当の〝優しさ〟を持っていない、偽善者なんだろうか。

でも。

そんなのないと思う。

そんなこと、ないと思う。

そんなつもりじゃ、あたし、ないんだもの。

けれど――。

世の中に怒りまくり、自分に対して何となく不安などす黒い感情をおぼえつつ――あたし、同時にまた、自分の内側で、何かを感じていた。何か――とてつもなく、不思議なパワーが、自分の内側で育っているような。

そう。

それは確かにあたしを不安にさせた。

その感じ。

その感じは（その感じ、なのだ、この感じじゃなくて。自分の内側で、今、起こっていることなのに……それは何故か、この感じって言って、自分で自分の内側にあることを納得できるものではなくて、自分の内側にあることは確かなのに、どこかそれまでの自分とは違う、その感じだった）、とても、あたしを不安にさせた。なのに――また、どこかで、あたしを安心させてくれもしたのだ。

何故って。その感じが育ちきってしまえば。

あたし、本気で、本当に、怒れるような気がしたから。この——誰の言うことも、それなりに納得でき、そのくせ矛盾しまくっている世の中に。あたしが、本気で世の中に対して怒ったって、何が変わるっていう訳でもない筈なんだけど、でも。

★

「あ……ゆ……み？」

その時は。

本当に、妙に緩慢《かんまん》に聞こえたんだ。太一郎さんの声が。

ああ、あたしってば、自分のことだけに関心を向けてて、外世界から、一瞬の間か、あるいはずいぶん長い間か、心をひきあげてしまっていたんだな。こんなことじゃ、いけないいな。あたしはのんびりとそんなことを思い、ついで、ちゃんと外世界にも心を向けなくっちゃって思い、その途端。

もの凄い音が、耳にはいってきた。

「あゆみってば！　この莫迦！　何やってる！」

太一郎さんの声は、緩慢なんてもんじゃなかった。もう、ほとんど、絶叫。だもんであたし、自分の心の中の世界で、今、自分の中で育ちかけている『その感じ』の行く末を見てみたいって思っていた心全部を、とりあえず、外世界――現実へとひっぱりもどす。

と。

うわあお。

何故か――そして、誰か――判らんけど、今、うちの事務所って襲撃うけてるんじゃないのお！

誰かが、玄関先で、うちの事務所内へむかってバズーカ砲撃ってた。でもって、うちの事務所は、単に名前が事務所っていうだけで、実質的にはマンションみたいな造りをしてるから、こういう、無茶苦茶物理的な攻撃って、弱いんだよね。（どこの世界にバズーカ砲で狙われることを想定したマンション風の一室があると思う？）

でも。

同時に。

「太一郎さん、あれ撃ってる人つかまえに行って！」

不思議と何のためらいもなく、あたし、こう叫んでいた。

何故って、あたしには、うちの事務所の玄関撃ってる人が、でき得る限り注意深く、人を間違っても殺したり傷つけたりしないよう、誠心誠意注意してるってことが判ったのだから。ここで太一郎さんがひょいひょいひょいひょいってあのバズーカ砲の前へでてしまったら、間違いない、あれ撃ってる人、すぐつかまえることができる。

「おまえそう簡単に言うなよな！」

とりあえずソファの陰にかくれている太一郎さんの台詞。あ——太一郎さん、誤解してる。

あたしが、とにかく太一郎さんならそんな異常なことができるって思って、で、太一郎さんにそれを依頼したと思ってるんだ。

「あの、そうじゃなくて」

言おうとした台詞のうしろ半分、爆風に消されてしまった。

というのは、次の瞬間、三十一階のこの部屋の応接室の窓が、見事にくだけちったから。そして、窓を破り、油断なくマシンガンを構えながらこの部屋にふみこんだのは——安川信乃。

「お、おまえな！」

怒りまくって太一郎さんが叫ぶ。

「よくもこんなことしといて、あゆみに危害を加える気はないだなんて」

「事情が変わったのっ！」

信乃さんは鋭く叫ぶと、まず、鳥居さんをひっぱって。

「おじいちゃん、来てっ！」

う……嘘だろ⁉ 信乃さんったら、ヘリコプターからロープ一本でぶらさがって、三十一階の窓を外から破るだなんてことしたの？

と、同時に。

「うわっ！」

「きゃっ！」

なんて声が玄関の方で聞こえ――次の瞬間、あたし、頭をぶんなぐられて気が遠くなりかかった。

「あゆみ！」

「この！」

気絶してゆく寸前に、太一郎さんと中谷君が、信乃さんのマシンガンも気にならないってムードでこっちへおしよせるのが見え――また、気絶しかかったあたしを左手に、バズーカ砲を右手に持っている男の顔もちらっと見え――黒木さんじゃない、このっ！――あたし、完全に、気絶した……。

☆

「……大丈夫だよ」

深い深い闇の底から、あたしの意識、のんびりと、のんびりと、表面にむかってのぼってきた。

「どの辺が大丈夫なのよ！　あんたプロだって言ってたでしょ！　プロなら何だって薬かがす

なり麻酔銃使うなりもっとましな方法、とらなかったのよ！」

「……大丈夫だ」

のんびりと、のんびりと、意識が回復する。……あれえ？　あたしの耳許で、男と女の二人が口論してるな。

「大丈夫、大丈夫って、現にこの子、全然正気にもどんないじゃないのっ！　あんた一体、力の加減ってもの知らないのっ！　もしこれでこの子が永久に目をさまさなかったらどうするっていうのっ！」

「……大丈夫だ。現にもう気がついてる」

女の声は完全に怒り狂ってるみたいで、それに対して男の声は、何か完全にうんざりしきってるみたいだな。あたし、のろのろそんなこと考えて――それから、ふいに、気づく。この女って安川信乃で、この男って黒木浩介だっ！

「ちょっとちょっとちょっと信乃さん、あなた、ひどいっ！」

で、それが判った途端、あたしはぱっちり目をあけ、ついでにがばっと身をおこし……その瞬間、後頭部に痛みが走り、頭をかかえこんだ。

「あら、ほんと、もう気がついてるわ。……でも、ちょっと、この子まだ頭が痛いみたいよ」

「俺はなぐった。なぐられれば、普通、痛い」

「普通痛い、じゃないでしょうが、普通痛い、じゃ。あたしはこの子に肉体的な危害を一切加えないって約束したのよ！　痛いってことは危害が加わってるってことで」

「どこも壊してない」

「あたり前よ！　頭が壊れてたら下手すりゃ死んじゃうじゃないのっ！　そんな腕でよくもプロだなんて」

「だから、どこも壊してない」

……この二人の口論、ひょっとしてあたしの怪我についてなんだろうか。えー、てことはひょっとすると、信乃さん、あたしの容体の心配してくれてるのお？

「あー、もう、またこの子はこの子で誤解してるう！」

と、あたしの顔をのぞきこんでいた信乃さん、髪の毛かきむしって。

「違うわよ、誤解しないでね。あたしはあんたの心配なんかしてた訳じゃなくて、単に約束を破るのが好きじゃないっていうだけで……あー、もう、何だってこんな苛《いら》つく連中とつきあわなきゃいけないのっ！」

……何でだか信乃さん、完全にヒステリー状態になってるみたい。あたし、首をひねりながらも身をおこして——ここ、どこなのかな——黒木さんの顔に視線を向ける。

「ね……信乃さん、何ヒスおこしてんの？　黒木さん、何したの」

「水沢事務所の破壊」

あー、そう言えばそうだった！　あたし、横ずわりのまま、黒木さんからできるだけ離れ、立ちあがろうとする。と、黒木さん、あたしの行動をどう解釈したのか、のんびりと。

「落ち着け。悪意はない」

「あ、あ、あ、悪意はない、だなんて、悪意がなくて人の事務所、ぶっ壊したっていうの黒木さんっ！」

「ああ」

……ああって……ああそうだった、黒木さんてしゃべってると気が抜ける人だったんだ。とはいうものの、この台詞のすすみ方はあんまりといえばあんまりだったので、思わずがくんって手を床についちゃったあたし、それでも何とか気をとりなおして。

「悪意がなくて人の事務所ぶっ壊しただなんて……じゃ、一体全体、どんな理由で事務所ぶっ壊したっていうのよっ！」

「再建設の為」

……は？　よもや……よもや理由があるとは思っていなかったあたし、この台詞を聞いて、もう一回、全身でずっこける。

「再建設って……あの……どういうこと？」

「再び建設しなおすこと」

「じゃなくてっ！　言葉の意味じゃなくてあたしが聞きたいのは」

と。誰かがあたしのスカートのすそをひっぱった。ふり向くと、信乃さんが、心底疲れ果てたって表情であたしのスカートを握っており。

「やめといた方がいい、悪いことは言わないから。この人とまともな会話しようとすると、心底疲れ果てて、しまいにはヒステリーの発作おこすようになるわよ」

「じゃ、信乃さん、あなた説明してよ。あれは一体どういうことなの？　あなたあたしに危害を加える気はないって」

「今でもないわよっ！　あたしは、あんたに一切の危害を加えず、あんたとおじいちゃんをあの場からつれだし、保護するつもりだったんだからっ！　よりによって保護する対象をぶんぐったのは、そこの無口男よっ！」

「保……保護って……信乃さんが、あたしを？」

一体全体何で？　誰から？

「事情はのち程説明してもらえるわよ。あたしには、あんたにそれを説明する権限はない」

「権限ってどういうこと？　それに、もしまだあたしに危害を加える気がまったくないんなら、どうして事務所ぶっ壊したのよ」

「あの事務所の建物、早急に建て直す必要があったの。あんたも見たでしょ。あの事務所外から壊そうと思ったら、もの凄く簡単じゃない。一刻も早く、あの事務所、補強する必要があるのよ。けど、いくら口でそんなこと言ったって、普通の人ってなかなかろくな補強してくれないじゃない。その点、一旦ああやって壊しちゃえば、話のもってゆき方次第じゃや、補強してくれると思うんだ。……あ、勿論、資金はこっちでもつわ」

……何なんだ、この話の進み方は一体？　一体全体何だって信乃さんがうちの事務所の補強なんかしたがる訳？　それに、まさかと思うけど、本当に、うちの事務所、攻められる可能性がある訳？　それに大体……それに大体、そうよね、あたし達、鳥居さんがうちの事務所の前で土下座する前、何か信乃さんについての大いなる疑問を感じていた筈で——あ、そうだ。

「そうだ、思い出したっ！　信乃さん、ね、あなた何だってあたしにまとわりついてた訳？　鳥居さんがいる限り、単なる感傷で、あなたがわざわざあたしにまとわりつく訳、ない筈じゃない」

「あ、もうそれに気がついてた？　じゃ、もう、これはばらしちゃってもいいのかな」

信乃さんこう言うと、初めて、あたしに向けて、ひとなつっこそうな笑顔を見せて。

「依頼がね、あったもんで。あたしね、ま、所属組織なんかは全然違うけど、今、あんたと同じような仕事してんのよ。でね、あたしに、あんたにまとわりついて意地悪しろって依頼が来たんだわ」

★

……あたし……ほけっと口をあけて……他に何もできなかった……。

そりゃ、いろんな可能性があるとは思っていた。世の中にはいろいろなことが起こり得るんだしあり得るんだから、信乃さんがあたしにまとわりついた事情って、ひょっとしたらとても思いつけないような突拍子もないものかも知れないって、考えもした。

でも。

でも、信乃さんがあたしと同業者で、あたしに意地悪しろっていう依頼をうけていただなんて——考えもしなかったし、そもそも考えられないよお。

「じゃ……じゃ……あの、逆恨みっていうのも、静夫君の話も、安川さんの娘だっていうのも……嘘？」

だとしたら。あたし、本気で怒るぞ。あたし本気で悩んで、本気で世の中っていう訳の判らないものに向かって腹をたてまでしたんだから。

「あ、それは、全部、本当。あたし、本気であんたに逆恨みしてたわ。でね、それを知ってる依頼人が、『森村あゆみに近づいて、彼女に、肉体的、財産的な被害をあたえない限り、好きなようにふるまってくれ』っていう依頼をあたしにした訳。だから事実関係はすべて本当だし、あんたに対して意地悪をするっていう基本方針も、あたしがたてたものなの」

「な……何考えてんのよその依頼人」

「一応、ここまで話しちゃったから、正確に教えてあげるわね、あたしが受けた依頼の第一段階がこれなの。森村あゆみのまわりを好きなように一ヵ月うろつく。で、一ヵ月たってもまだ、あたしがあんたを憎んでいたら、その時点をもって、依頼、おしまい。……ところが、事情が変わったって言ったでしょ。あんた、依頼の第二段階にはいっちゃったのよ」

「第二段階って……何」

「その一ヵ月のうちに、もし万一、あたしがあんたのことを憎めなくなってしまったら、あたしはその旨《むね》、依頼人に報告する。そして、それと同時に、水沢総合事務所が補強工事をとりおこなわなければならなくなるようにとりはからい、あんたと依頼人が無事に会うまでの間、あんたの身柄を完全に保護する。そして、第二段階発動の瞬間から、あんたと依頼人の会見がおわるまでの間、水沢総合事務所の誰一人として、あんたに会わせないよう、気をつける」

「何なのそれっ！　何であたしが事務所のみんなと会っちゃいけないっていうのよっ！」

「依頼人に聞いて欲しいわ、そんなこと。……ま、もうすでに依頼人には、あたしがあんたを憎めなくなった旨報告してあるから、おっつけ依頼人がやってくるでしょ」

あたしがあんたを憎めなくなった旨報告――ってことは、信乃さん、あたしのことを、ま、それなりには好いてくれた……の、かな。なんて、今の状況も一瞬忘れ、あたし心底嬉しくなり――で、思い出す。まがりなりにもあたしって信乃さんの親の仇になる訳だから、信乃さんがあたしを憎めなくなると、余計な心理的負担、全部信乃さんにかかるって、所長、言ってなかったっけ？

「やめてよね。いい加減にしてちょうだい。また、あんた、今、やたらと人がいいこと考えたでしょ」

と、信乃さん、何か苦虫をかみつぶしたような表情になって。

「あたし、今回の依頼をうける前にあの事件のファイル、くどい程読み返したのよ。村田っていう人が、本当、見事な程あんたの本質を言いあらわしてたわ」

「は？」

「『あんた見てたらね、殺し屋って商売がむなしくなってきちまったんだよ。あんたみたいにすきだらけで、目の前にうどの大木みたいに立つ奴が相手じゃ、引き金ひく気になれん』って言ったんでしょ、村田って」

あ、そういえば、そんなこと言われたような気もする。

「本当にそうなのよ。あんた見てるとね、人を憎むだの嫌うだの恨むだのっていう、ま、いわばマイナスの感情が、ほんっと、むなしくなっちゃうの。本気であんたって、銀河系で一番おめでたい人間じゃないの？」

「……あたしも時々、そう思わないこともない……」

「だからね、そうあけっぴろげな表情して、『おそらくあたしを逆恨みすることで何とか自我をささえてきてたのであろう信乃さん、あたしを恨めなくなって大丈夫かしら』なんて莫迦なこと、思わないでちょうだい。そういう顔されればされる程、あんたを恨んでたことがむなしくなっちゃうから」

毎度毎度思うことなんだけど、あたしの表情って、そんなに読みやすいものなのかしらね。

「話を変えるわよ、莫迦莫迦しい。……でね、とにかく第二段階発動後、あんたを守る為に、あたし、あの無口男と相棒組むことになったのよ。……信じられない話だけど、あの無口男、結構いい腕なんだって？」

「うん」

「でね。あの山崎太一郎って男の裏をかき、おそらくこれからあんたを狙うであろう誰かの手からあんたを守る為には、あの無口男くらいのプロが必要なんだってさ」

「あたしを守るって……鳥居さんから？」

「怒るわよ、もう。あんた、本気で、おじいちゃんの攻撃から身を守るのにボディガードがいると思ってんの？」

ぶんぶんぶん。あたし、慌てて首を横にふる。それから。

「あ、そういえば、鳥居さん、どうしたの」

少なくとも、ここにはいない。と、信乃さん、何故か疲れ果てた顔になって。

「本当に……あんたって人間を知らないうちに抱いた逆恨みとはいえ……よくあたし、あんたを恨めたもんだわ。あんたってば、一体どうしてそこまで人がいいのよ。……とにかくね、おじいちゃんの保護は、この件をひきうける時にまずあたしが出した条件で、大丈夫、おじいちゃんは、今頃もう安全な処にいるわよ。……も、そんなこと忘れて、これだけ肝《きも》に銘じておきなさいよ。これから先、あんたを狙うのは、おじいちゃんなんかと違う、あの山崎太一郎とか、この無口男並みのプロなんだからね」

「どうして？　何だってあたしがそんな人に狙われるって言えんの？」

「詳しくは依頼人に聞いてよ。……あ、そうだ、これ」

つって信乃さんがとりだしたのは——ええ、どうしてこれがここにあるの！　——あたしの左手だった。

「一応、念の為、これつけといて。これさえあれば、あんただって結構強いんだろうし」

「もう直ってんの？　いつの間にあたしのうちから持ってきたの？」

この腕を持ってくることができたってことは、信乃さん、あたしに黙ってあたしの部屋にフリーパスなんだろうか。それはその……プライバシーってものを考えると、あんまりだっていう気もする。

「よく見てよ。ほくろがないでしょ。あんたのあの腕じゃ、ないわよ。新品の代用品よ」

でも……代用品って言ったって、あの腕、一応特注で、あたしの腕と何ミリかの差があると、まずいんじゃなかったっけ？

「一ミリ以下の誤差しかない筈よ、つけてみたら？」

……本当だ。でも……そんなもの……どうすれば作れるっていうんだ？

「あたしは必要ないって言ったんだけど、依頼人がね、万一の為にあんたの腕を壊しておくべきだって主張したのよ。で、その時の為の、代用品が、これ」

でも……だって……これを、これっぽっちの誤差で作れる人って……。

「一応口止めされてるから、それについては言わないけれど」

と。一転して、何だか重たい口調で、信乃さん。

「それに、この件の依頼人って、いわばあたしにとっても恩人だったりするんで、あんまりひどいことって言えないんだけれど……でも、これだけは、覚えておいてね。逆恨みだの何だの、そういうことをみんなおいといて……あんた、可哀想だわ」

「へ?」

「あたしは、純粋に、どうしてもあんたが憎めなくなったから、そういう報告を、依頼人にしたの。けど……もし、あたしが、いろいろと裏の裏まで考えて、権謀術策《けんぼうじゅっさく》をはりめぐらすのが好きだったら、あんたのことを憎んでいるが故に、あんたを憎めないって報告するでしょうね」

「……へ?」

「あんた、このあと、本当に苦しむことになると思うわ。あんたの持っている、その特殊な能力故に」

あたしの持っている特殊な能力って……まさか、人がいいこと?

「あんたは、その特殊な能力故に、おそらくは、いずれ誰も、最も信じている人ですら、信じられなくなるでしょうね。……そうよ、だって、あんたの持っている能力って、そういうものなんだもの」

「あ、あの……」

信乃さんってば、一体何が言いたいんだ？　最も信じている人ですら信じられなくなるって——たとえば、あたしが太一郎さんを信じられなくなる？　そんなことってある訳ないし、そんな特殊な能力なんてある訳ないじゃない。

と。

「移動」

今まで、ずっと黙ってた黒木さんが、ふいにこう言った。

「へ？」

「移動、だ。ここは危ないそうだ」

☆

何が何だか判らないまま、黒木さんと信乃さんとあたし、階段を上っていた。妙に急な、非常階段みたいな奴を。

「おそらく、上りきった処で、まず狙われる。ビルは完全に囲まれちまったらしい」

階段上りながら黒木さんこう言って、信乃さんがそれにくいつく。

「なら、上らない方がましじゃない」

「地下四階で死にたいならな」

ってやりとりから判断して、おそらくあたし達がいた処って、地下四階なんだろう。

「だって、システムは全部生きてるんでしょ？　なら、地下四階まで連中がおりてくる前に、システムが始末をつけてくれる筈」

てことはこの建物、地下四階までそういうシステムのついたビルディングだってことで……

ええ、それって、どういうビルなのっ！

「相手がおりてきてくれりゃ、な。相手がビルごと俺達を生き埋めにしようと思ってたら、どうするんだ」

「だって、まさか」

なんて会話のうちにあたし達、四階分の階段をあがってしまって。

「俺がいく。おまえは、掩護《えんご》」

こう言うと、信乃さんの返事もまたず、黒木さん、階段の先にあったドアをおしあけ、そのままごろごろ転がった。

パシュ！

パシュ！

パシュ！

と。

黒木さんが転がるのにあわせて、ちょっと前まで黒木さんがいた処、そしてドアに、レイ・ガンの光線がとんでくる。あれって……あれって、まったく手加減のない、殺そうとしているだなんてもんじゃない、黒木さんの痕跡まで消そうとしている連中だわ。何故って、あれじゃ、あの光線にあたった物、致命傷をおうだけじゃない、消えてなくなってしまうもの。

「あれがあんたを狙ってる奴らよ」

信乃さん、こう言うと、今まであたしの見たこともない、凄い顔をする。

「油断したら、文字どおり、本当に消されちゃうんだからね、あんた」

こう言うと、信乃さんも凄く真面目な顔になって、ここから見える限りの黒木さんを狙っている人達に対して、レイ・ガンを使いだした。

レイ・ガン。

麻酔銃とは、違うんだから。

あたった処が炭になっちゃう——確実に、人を殺しちゃうんだから。

でも、レイ・ガン、使ったのは、どう考えてもあっちが先なんだし……。

「どうしてあたしがあんな奴らに狙われなきゃいけないのよっ!」

あたし、混乱の余りそう叫んで。

次の、瞬間。

思わず。

えーい、あたしってば、情けないよお、思わず。

目をつむってしまった。

だって、あたしの左側の街角から信乃さんを狙っているレイ・ガン——あの角度だと間違いない、信乃さんにあたっちゃうんだもん。

で。

——で！

そして、次の瞬間。

あたし、叫んでいたのだ。

あたしの左側の街角で、信乃さんを狙っていたレイ・ガンの主をたおした人の名前を。

おそらくは、信乃さんにこの件を依頼した人の名前を。

そして——信じたくなかった人の名前を。

「レイディっ！」


〈つづく〉

田崎麻子の特技

今振り返ってみると、あの一年は、所長にとって最悪の一年だったんだろうと思う。太一郎《たいちろう》さんが乗った船が原因不明の事故を起こし、生存者がゼロって発表された時。その時からの一年。

あの事故は、あり得ない事故だった。さまざまな要因からいって、起こる筈がない事故だった。そんな事故で、太一郎さんが死んだ。

それが判った瞬間から、所長は動き出した。ほんの一月たらずで、事故の陰にある〝ものごと〟の輪郭がおおざっぱに判り……ただ、そこから先は、どうしても地球へ赴き、かなり腰を据えて調査をする必要がでてきた。

この時、所長は、間違いなく、何としても地球へゆき、この事故の背景にあるものを探り出そうと心に誓ったのだろうと思う。太一郎さんの弔い合戦で勝利をおさめるまでは、所長にとって〝日常〟というものはもはやすでにあり得ない、そんな覚悟を決めていたんだろうと思う。

あたくしは……所長の恋人であるあたくしは……そりゃ、言いたいことが沢山あった。一番言いたいのは……「あたくしをおいて、地球になんか行かないで、そんな何だか訳の判らない陰謀にかんじゃったら、所長がいつ帰って来られるのか、そもそも生きて帰って来られるのか、そこからして判らない、だから、行かないで」

言いたかった。心からそう言いたかった。でも、そう言う訳にはいかなかった。

だって、あたくし。水沢良行《みずさわよしゆき》の恋人ですもの。この局面で、このあたくしが、所長にとっての足枷《あしかせ》になる訳にはいかない。そんなの……そんなの……どんなに言いたくても、どれ程言いたくても……言っちゃったら、駄目だ。それを言った瞬間、あたくしには、所長の恋人である資格がなくなってしまう。

そう思って、あたくしがこの言葉を飲み込んだ時——この言葉を言ったひとがいたのだ。真《ま》樹子《きこ》さん。太一郎さんの恋人。いや、「行かないで」っていう言葉じゃなくって……たった一枚の、地球行きのチケットを譲って欲しいっていう言葉で。

「水沢さんが今必死になって地球行きのチケットを手にいれようとしているの、わたし、知ってます。そして……こんなことは……言っちゃいけないことだって判っているんだけれど……お願い、お願いします。そのチケット、もし手にはいるのなら、わたしに譲ってください」

こう言うと真樹子さん、深々と頭を下げたのだ。それこそ、九十度くらい腰を曲げて。ほっときゃ土下座したかも知れないっていう感じで。

地球というのは、只今の宇宙の中では、一番特別な星で、入国管理の厳しさが只事ではないのだ。非合法な手段ではまず入国できず、合法的な地球行きのチケットを手にいれる為には、もの凄いお金と根回しと努力とコネが必要であり、事故が起きる前に太一郎さんと真樹子さんが乗る船、そのチケットをとる為だけに（獲得手段の半分くらいは非合法な奴だったんだけれど）、すでに所長はそれらすべてをほぼ遣い果たしていた。（そして、そのチケットは太一郎さんの事故の為、結局使わずじまいだった。）そこへもってきて、もう一回、地球行きのチケットをとる。これは、さしもの所長をしても、かなり無理に近く、ということは、そんなチケットを複数とることは、いくら何でもどう逆立ちしても、所長にだって無理に違いなく……。

そのチケットを譲って欲しい。

これはもう、所長に「地球へ行くな」って言っているのとほぼ同義だ。

「太一郎さんは水沢さんの弟だから……ですから、兄弟の情として、水沢さんが、何が何でも太一郎さんを巻き込んだ事故をうやむやにするのは許せない、何か事情があるのなら、絶対に太一郎さんの仇をうつ、そう思っていらっしゃるのは当然だと思います。でも、わたしは太一郎の……山崎の、妻、です」

深々と頭を下げたあと、体を伸ばし、背筋を伸ばしてこう言った真樹子さんは……まるで、女王だった。フォボスとダイモスを従えて、火星の空に君臨する女王。

「すべての決着は、わたしがつけたい。わたしがつけます。……いえ……わたしがつけなくっちゃ、いけない」

この女王に。逆らえる人間が、いるだろうか。そのくらい、おそろしいまでの威厳をもって、真樹子さんは、宣言したのだ。

いや、その前に。人間の情として。

兄が弟のことを思う、それは当然のことだ、でも、ある意味それ以上に……妻が夫のことを思う。これも当然のことではなかろうか。

感情の種類が違うから。思いの深さは同じくらいであったとしても、太一郎さんが、もし、生きていたのなら、その一生を共にするひとは、兄である所長じゃなくて、恋人である真樹子さん。太一郎さんは、真樹子さんと一生を共にする為に、彼女と結婚することを決めた。その為に地球へ行こうとしていたのだ。

それが判っていたから……所長は、真樹子さんに、譲った。

必死の思いでとった、たった一枚のチケットを。

そして、この頃から、微妙な所長の鬱屈《うっくつ》が始まる――。

☆

所長が必死の思いでとった、たった一枚のチケットを使って、真樹子さんが地球へと赴いた。その時から。

所長は……いつもの所長に戻った……ように、見せかけていた。

普段どおりに、笑って、話して、会話の受け答えをしているのよ。

でも、違う。

何か、違う。何かが、違う。いつもの所長じゃない。

そして、あたくしは、それって、しょうがないことなんだろうなって思っていた。

とても辛いことがあった時。

その〝辛いこと〟に直面した人間を、もとの人間に戻すのに必要なのは、〝時間〟だ。〝時間〟だけがそれを可能にするし、〝時間〟以外の何物も、そんなことはできない。

そう思って……そう願って……真樹子さんが地球に行ってから、一年が過ぎた。

この間、所長の様子は、〝まったく同じよう〟。

一年たっても、同じように笑い、同じように会話をし、同じように生活している。それに、おかしな処《ところ》はまったくない。

だから。おかしな処がまったくないから。だから逆に。

これは、駄目だと思った、あたくし。

だからあたくしはバイトをすることを決めたのだ。

☆

バイト始めて二、三週間くらいたった頃。

あたくし、熊《くま》さんに、ちょっと苦言を呈されてしまった。

「あのね、麻子《あさこ》さん。今、水沢さんが、いろいろと微妙に辛い気持ちでいるのは、あなたも判っているでしょう。なのに、何故、あなたは、そんな水沢さんを放っておいて、仕事が終わった後、アルバイトなんてしているのかな？」

「え……お金を貯めたい、から、です」

このあたくしの台詞《せりふ》。あまりにも、事実、そのまんま、だっただろうか？

「い、いや、それはそうなんだろうと思うんだけれど……何故、この局面で、今？」

「……お金を使いたいことがあるから、です」

……またまた、事実、そのまんまだ。でも、これ以外言いようがない。

「うおお、それはそうなんだろう、でも、あのね」

うーん、熊さんが言いたいこと、ほぼ、あたくしには判っている。けれど、あたくしにはあたくしの言い分があるのであって……。でも、それって、何て説明したらいいんだか。

「あの……あたくしはね、所長を、ちゃんと生きている人間に戻したいんです」

「い……いや、水沢さんはちゃんと生きている人間だと思うんだが……」

「そういう意味じゃ、なくて。今の所長は、絶対に、変でしょ？　この一年、いろんな思いを押し殺して、普通の普段の所長のふりをしている〝何者か〟、そういうものになっているって……熊さんは、思いませんか？」

ここで熊さん、しばらくの間、言い澱《よど》む。

「……ま……そういうことは、ね、確かにあるんだろうけれど……彼が相当鬱屈しているものを抱えているのは傍目《はため》でもよく判るんだけれど……だが、それはね、時間だけが解決してくれる話だから……大切なひとをなくしてしまった痛手っていうのは、癒してくれるのは時間だけだから……」

「そう思って、あたくし、一年、待ちました。でも、一年待っても、あのひとは変わらない。変わらなかった」

「確かに。だが、その場合、二年待つとか、三年待つとか……」

「そういう選択肢があることは判ります。そして、おそらくは、その選択こそが正しいんだろうっていうことも、あたくし、判っています。……でも……そんなの、待てないんです。待っていられないんですっ」

こう言った瞬間、熊さんは、なんだか、ほにゃって笑って……「ああ、若いんだよね、君達は」とか何とか、口の中でだけ、呟いたような気がする。でも、実際に聞こえてきたのは、熊さんのこんな台詞。

「それじゃ、麻子さんはどうしようと思うの？　そもそも、バイトしてお金を稼いでどうしようって……」

「あたくし、所長に御飯を食べさせます」

きっぱり。

あたくしの気分としては、『すべての決着はわたしがつけたい』って言った時の真樹子さんとおんなじくらい毅然《きぜん》としてこの台詞を言ったつもりだったんだけれど……実際の処は、どうだったんだろうか。

「はい？　御飯、を？」

「所長は……っていうか、ひとは、あくまで、動物ですから。本当においしい御飯を食べたら、それに感動したら、仮死状態でなんか、いられなくなる筈だって、あたくしは思っています。もとの自分のふりをしている何者かでなんか、いられなくなると思います」

きっぱり。こう言い切ってみたら。

熊さんは、もう、目を白黒させて、それから笑いだした。

「麻子さん。あなたはほんっとに良行くんのいい伴侶なんだね」

って、それはどういう意味なんだろう。それに、熊さんが所長のことを、いかにも親しげに〝良行くん〟だなんて言うの、あたくし、初めて聞いたわ。

「そういうことなら、何も言わない。あなたはあなたの思うようなことをやってみてください」

☆

そこで、あたくしは、あたくしの思うようなことをした。

まず、バイトで貯めたお金で。火星で「おいしい」って評判のレストランを、ひたすら食べ歩いた。（これは、所長に貰っている月給でやるべきことじゃないような気がしたし、親にお金をおねだりしてやるのはもっといけないことだって、自分で思っていた。だから、まず、仕事が終わった後で、アルバイト。）

いくつものお店を食べ歩いて、あたくしが本当に心からおいしいと思ったお料理をチェック。本当においしいお料理がみつかれば、それで、あたくしが作りたいと思っているお料理の指針ができると思っていた。

でも……違った。微妙に、違った。

ガイドブックなんかに星五つで載っているお店、いくつか回って……それで判ったのは……これらのお店のお料理は、確かにとってもおいしかったんだけれど……あんまり参考にならないってこと。何故って、これらのお店のお料理は……ある意味、手がこみすぎていて、技法が凄すぎて、ソースなんか二回食べても三回食べても隠し味に使ってあるものがどうにも特定できなくって……とても素人が真似できるものではなかったから。（それに、これは、ある意味で、あたくしが作りたいと思っていたお料理とは違うのよ。あたくしは、手がこんでいて、技術が凄くて、それで〝おいしい〟って思うお料理を作りたい訳ではない。もっと原始的に、食べ物としてのパワーがあるお料理を作りたかったのだ。）んで、次に、ガイドブックなんかに載っていない、地元でおいしいって評判のお店、高いお店を順番に回って……同時に、ここで、ちょっと、バイトの方向をチェンジ。

勿論、お金を稼ぐ為のバイトをしているのよ、それはそのまま続けていて……バイト先を、目星をつけたレストランにしてみた。(いや、あのね、あたくしが、「お料理のヒントが欲しいからバイトをしてみたい」だなんて思うレストランの厨房には、勿論、はいれる訳がない。そんな厨房、たとえ業務が皿洗い専門であっても、料理人志望者が山をなして応募している。でも、厨房じゃなければ。〝経理でも電話受け付け係でも何でもいい〟ってことにすれば、ここには、まだ、紛れ込むことができる余地があったのよ。少なくともあたくし、こと、事務関係だけでいえば、技能と能力が山のようにあった訳だし。)

それで、この段階で、ちょっとは、ヒントがつかめたような気がした。

(でも……レストランのお値段って、あんまりあてにならないのね。結構高い料金をとるお店に予約をした時なんか、それなりに期待して行ってみたんだけれど、内装は凄い、食器もお見事、立地条件も素晴らしくて……でも、味はそこそこって奴が、結構あったのだ。まあ、レストランって、お料理の味だけじゃなくて、立地条件や雰囲気も含めての価格設定なんだろうから、これはしょうがないことなんだろうと思うんだけれど。)

それで、レストラン巡りが一段落した処で、今度は自分の心の中でお料理の設計図を描く。

この時、あたくしは、ほんとに心から、過去の自分に感謝をした。

真樹子さんがうちの事務所に来た時。

あたくし、彼女に対抗して、いろんな技術を習得したのね。たとえば、小型宇宙船の操縦免許とか。(真樹子さんが、殆ど何でもできるようなスーパーレイディだったので、対抗するあたくしも、がんばって色々な技術を習得したのよ。)

うん、本当に、あれ、とっておいてよかった。

だって。

実際に、レストラン巡りが一段落して、自分が作りたいお料理の輪郭が見えてきた処で判ったのが、食材の産地の問題だったからだ。

☆

ちょっとつかめたような気がするヒント。それって、こういうものだった。

そこまで高価ではないけれど、でも、おいしい御飯を出すって評判のお店には、うん、あたくしが理想とする、パワーのあるお食事を提供するお店には、ほぼ、決まった特徴があったのだ。

限定産地直送の食材を使っているか(これは、高品質で有名な食材や、地球産の食材を厳密に扱っている処。〃厳密に扱っている〃っていうのは、冷凍管理や輸送時間にもの凄く気を遣っていて、でき得る限り〃とれたて〃に近い状態を保っているのね)、あるいは、極めて近隣の特定のスペース・コロニー産、それも、かなりの頻度で、いわゆる〃ブランドコロニー〃産の食材を使っているのである。(こちらの特徴は、〃極めて近隣の〃って言葉でお判りのように、収穫してから、料理するまでの時間が、とても短いってことにある。)

お野菜は、熟成をするお芋みたいな例外を除くと、大体の場合、とれたてが一番おいしい。というか、とれたてのお野菜には、なんか、言うに言えないパワーがある。

お肉は、これまた熟成っていう問題があるからちょっと話が違ってきちゃう。また、お魚は、こりゃもう、どのくらい地球からの所要時間が短いかで、味が全然違っているのよ。(勿論、養殖のお魚はあるんだけれど――というか、普通、火星でお魚って言う時は、火星養殖のお魚に決まっているんだけれど――、これと、高級レストラン地球とりよせのお魚を食べ比べてみた時、あたくしほんとに驚いた。味が……違うなんてものじゃ、ないのである。地球鰺《あじ》と火星鰺は、生物種としては確かにおんなじ鰺なんだろうけれど、食材としては、まったく違うものなんだと思う。それに。火星と地球との間には、どうやったって超えることができない距離がある訳で、火星で食べる〝地球産のおいしいお魚〟って、おそらくは、地球では〝全然おいしくないお魚〟なんだろうと思うのよ。とった瞬間に活け締めにして冷凍したって、それでも、地球から火星までお魚を運ぶ間に、間違いなくそのお魚の鮮度は落ちる。でも、この、鮮度が落ちたお魚の方が、火星養殖のお魚に比べると、ずっとおいしいっていうのは……あたくし、まだ行ったことがない地球に、一瞬、憧れてしまった。ということは、原産地である地球で食べるお魚は、どのくらいおいしいんだろう?)

この段階で、あたくし、お魚のことは意識から放念した。だって、火星で御飯を作ろうって思った場合、地球よりおいしいお魚なんて、絶対に手にはいる筈がないんだもの。

野菜は、いくつかのスペース・コロニーを念頭に置いた。こちらも、連休なんかがあると、わざわざ直接行って、お料理も何もしていない生のお野菜を齧《かじ》ってみた。

火星の大地は……あたくしが生まれ育った、あたくしにとって本当に素晴らしい大地なんだけれど……それでも、地球産の野菜を栽培するのには、確かにまったく向いていないらしい。

火星は、ごく近くに、いくつもの農業コロニーを持っていて、中には〝ブランドコロニー〟って呼ばれている奴もある。(〝ブランドコロニー〟は、もの凄くお金がかかっただろうに、地球の農地の地面を、微生物や土壌生物ごと、ごっそり運搬してきて、それで畑を作っているのよね。これは勿論、検疫上の大問題なので――当然、地球から輸出されるすべてのものは、地球を出る際に、もの凄い勢いで殺菌されるに決まっているのだ。んでもって、ブランドコロニーは、これをやらないことを前提に、運営されているのだ――。だから、このコロニーの出入りは、非常に厳密に管理されている。そういう意味でも、〝ブランドコロニー〟って、特殊で凄いのよ。)そして、ブランドコロニーで作られているお野菜は、どう考えてもどう味わってみても、火星産のお野菜より、ずっとおいしい。何より、これらのお野菜には、パワーがある。

とすると。

あたくしが、〝おいしい御飯〟を作って、それを所長に食べさせてあげたいと思った場合……。

まず、お料理の、基礎となるグランドデザインを描く。

これに、いくつものお店の食べ歩きや、それが終わった後、あっちこっちの料理店でバイトをした時の経験を加味。

☆

そして、次にやるべきことは、食材の確保だ。

幸いなことに、火星には、〝旬〟という概念がない。

あ、そもそも、〝旬〟なんて言葉、今火星にいる大抵のひとは、聞いたことがないんじゃないかな。

これは、あたくしや所長の祖先である、地球日本のひとに、特に顕著な概念らしいんだけれど、地球、それも日本には、〝旬〟というお料理概念が、あるらしいのだ。

というのは、地球日本には、〝四季〟というものがあるらしくて（だから今でも、火星のリトル・トウキョウ・シティは、六月には雨を降らし――地球日本では六月には〝梅雨〟という雨ばっかり降っている時があるらしい――、一月や二月は比較的気温設定を低くし、七月や八月はほんのちょっと気温設定が高い）、その四つの季節によっては、一日の平均気温が二十度くらい違うことが、ざらだったそうなのね。（ドーム都市に住んでいると、この概念はとても判りにくい。一年通して、日照時間がまったく違う、結果として気温設定が違ってきちゃう循環を繰り返すって……うーん、感覚として、よく判らないわ。だって、同じ都市なのに、月によって三十度近い温度の日や、零度近い温度の日があるだなんて……午後七時になっても明るい時期と、午後五時になったら暗くなってしまう時期を循環して繰り返すだなんて……それ、とっても生活しにくいんじゃないのかなって思うんだけれど……いや、地球の場合、それが自然環境だったんだから、生活しにくくてもしょうがないのかしら。)

まあ、とにかく、地球日本には〝四季〟というものがあり、その月の平均気温がまったく違う為、採れるお野菜は、四季により違ってきて（ま、それはそうなるだろうと思う）、季節により、そのお野菜が一番おいしく食べられる時を、〝旬〟って呼ぶのだそう。

でも、あたり前なんだけれど、農業コロニーには、そんなものはない。発芽期に寒冷な気候を好み、のち、成長するにつれ温暖な気候を望む植物にはそういう環境を、成長し終えた後で極端な寒気にさらされ、それにより糖度があがる植物にはそういう環境を、すべてのコロニーが調節して与えている。

だから。

例えば、新鮮で一番おいしい時期の筍《たけのこ》と、新鮮で一番おいしい時期のトウモロコシをあわせるって、今の火星ではまったく普通にできることなんだけれど（というか、すべての農業コロニーは、毎日、最高においしい状態の作物を出荷している）……これ、お料理を作る前、地球から移民したばかりの御近所のおばさんに言ってみたら、呆れられた。地球日本においては、筍の旬とトウモロコシの旬はまったく違うらしくって、この二つを組み合わせる料理は、あり得ないそうなのである。（勿論、地球にも、筍の水煮とか、トウモロコシの缶詰なんかは、一年中、あるのよね。そういうのを組み合わせて料理を作ることはできる。けど、そういう料理には、きっと、今あたくしが欲しいと思っている〝パワー〟はないんじゃないかと思う。）

これは、果物にも言えて、というか、地球日本では多分、果物の方が〝旬〟の意識が強いらしくて（果物の水煮や果物の缶詰も勿論あるんだけれど、なんか、地球日本の人にしてみれば、果物っていうのは〝生〟で当然、というか、〝生〟じゃないと駄目って感覚があるみたい）、「苺《いちご》と枇杷《びわ》をあわせたデザートなんかどうかなって……」って言った瞬間、御近所のおばさんはひっくり返った。（地球日本では絶対にあり得ない組み合わせらしいのだ。）

まあ、でも。幸いにも〝旬〟という概念がないので、あたくし、ああだこうだ、いろいろメニューを考える。そのグランドデザインを描く。

そして。

☆

実際に、試作してみた。それを、この間地球から移民してきたばっかりのおばさんを含め、御近所の方に供してみた。

　結果、これは、概ね、好評。

「い……いや、これ、おいしいわ。あり得ないメニューだって思っていたけど、実際に食べてみたら、おいしいわ」

　これが、地球から移民してきたばかりの御近所のおばさんの台詞。

　でも。

　これでは、あたくしにしてみれば、不満なのだ。

　というか、これ、最小到達点。

　だって、このメニューを作った時、あたくしの食材入手動線は思いっきりがちゃがちゃしており……アスパラは昨日収穫した奴だし、トウモロコシの収穫はおととい、いや、こんなの、駄目よっ。

　もっとずっとスムーズに、これらの食材を入手する方法はある筈だし、そんでもって、〝できる限り速やかに収穫した野菜を食卓に載せる〟っていう意味では、食材入手動線ががちゃがちゃしていたらいけないのよ。

　あたくしが作ろうとしているお料理。

　これ、レシピだけみたら、大抵の料理人に、「あ、おいしそうだ」って言ってもらえるようになっている、そんな自負はある。自作してみて、実際においしいって思った。納得のゆくレシピではある。

でも。

でも、これだけじゃ、駄目、なのだ。

あたくしが本当に作りたいのは、〝この先〟にある、お料理。

筍は、今まさに掘ったばっかりであり、状況によってはお刺身でだって食べられるような奴。アスパラも、今、もぎとったばかりのもの。

トウモロコシも、ついさっき収穫したばっかりで、生で食べることすらできるような、自然な甘さが充分に残っている奴を使って。

こういうお料理を作る為には。

あたくし、何度も何度も紙の上で試行錯誤を繰り返す。

動線を、最小限にしなければいけない。

あたくしが欲しいお野菜を産出している農業コロニーから、最短の時間でそれらをうちまで持ってくる、いくつものコロニーをまわらなきゃいけないから、その順番も考えないといけない、そして、すべての食材が収穫から料理までの間、最短の時間になる、そういう、移動動線を。それを、あたくし、みつけなければいけない。

それから、並行して、お料理必需時間の確認。

たとえば、お出汁の昆布なんかは、まず一日水に漬けたい。一日水に漬けて、うま味が出た処で、気をつけて気をつけて火を通す。

それから、下ごしらえをしたあと、寝かせたい食材っていうものも、あるのだ。パンやケーキみたいな、発酵を道中に必要とするものは勿論だし、そういうものでなくとも、手を加えたあとで、しばらく寝かせた方が味が染みる食材やお料理はある。

その、〝寝かせる〟時間を考える。

でも、ものによっては、〝寝かせすぎる〟といけないものもある。

そういう調理を含めて、〝寝かせる〟ものは最適な時間〝寝かせて〟、でも、できるだけ収穫してすぐに調理場に来て欲しい食材は、最短で調理場へ持ってくる。

これは……その……あの……はっきり言って、も、お料理じゃない！

殆ど、パズルよ。

それも、〝解〟があるのかどうか、まったく判らない、パズルよっ。

けれど。

パズルなら。

たとえ、それがどんなに難解なものであっても……あたくし、絶対に、解ける自信がある。

たとえ答がなかったとしても。それでも、あたくしは、きっと、そのパズルを解く。

そして実際に解いた……つもり、だった。

☆

それから。次にやったのは、所長の観察。

いや、観察って、何か言葉があれだけれど。でも、これは絶対に必要な手順なのだ。

というのは。

あたくしが作りたい御飯。

これ、本当においしい食材を遣い、できるだけのレシピを考え、最短でお料理の手順と食材調達時間を考える——これだけじゃ、駄目なのだ。

あたくしの作りたいお料理の、ほんとの醍醐味は、〝按配〟にある。

〝あんばい〟。

ものごとの、具合や加減やほどあいって意味のこの言葉、あたくしは普段、〝按配〟って表記しているけれど、もともとの表記は〝塩梅〟だったのだそう。

塩梅。これ、塩と梅酢のこと。

そう、つまり、〝最終的な加減〟は、塩で決まるのだ。その人にとって最適な、よい按配に落ち着く為には、〝あんばい〟の元の意味を考えるのなら、まず、塩、なのだ。本当にその人にとっておいしいお料理っていうのは、基本、塩加減なのだ。

で。この〝塩加減〟は、そのひとの体調とおかれた環境により、かなり左右される。

〝限定・所長にとってのみ最高の御飯〟を作りたいのなら、普段の所長の好みは勿論だけれど、同じくらい、その時の所長の体調と環境が問題になる。なる筈。（というか、あたくし、そういう思いで、うちの事務所でお茶をいれている。それで、このお茶がとんでもなく好評なんだもの、あたくしが思っている〝塩梅〟という考え方が間違っていないことは確かだと思う。）

だから、あたくし、所長を観察。

今の所長の体調と状況をできるだけ把握して、そして、その把握ができたなって思った処で、そのあと二日くらいの所長の体調と状況を推測して……。

そして。

☆

「あの……所長」

それで、ある日。

あたくしはおずおずと所長にこう言う。

「明日と明後日、なんですけれど、あたくし、有給をとりたいかなって」

「ああ、はい、有給休暇。それは当然、労働者の権利だから」

あらら。ここの処、もう様々な動線を考えるのに必死で、とにかく定時であたくし、退社していた。会社が終わったあとの、所長からの御飯のお誘いなんかも全部断っていた。だからかな、この所長の台詞には、ちょっと皮肉がはいっているかも。

でも。ここであたくし、負ける訳にはいかない。

だって。だってうんと苦労して、やっと、思うような〝御飯〟が作れる見通しがついたんだもの。

「それであの……明後日、なんですけれど。所長……午後五時に、うちに、いらっしゃいませんか？　と言うか、いらしてくださいませんか、所長」

「……って……それは、何だ？」

いや、まあ、これはおかしな話だよね。所員の家に、午後五時に所長が来る。それは一体、何の為に？って気分になって、まあ、当然だろうと思う。でも、あたくしは……。

「すみません、これ、水沢総合事務所の所員である田崎《たざき》麻子の台詞じゃありません」

「……って？」

「良行さん」

おおお、久しぶりだ、あたくしが所長のファーストネームを呼ぶのは。

「あなたの恋人の、田崎麻子の台詞です」

「え……」

「うちに、御飯を、食べにきてください。それも、できれば、お腹を空かせてきていただけると嬉しいです」

「……え……っと、あの……その……え？　……へ？」

水沢所長は。

何か「あーだこーだ」言っていたような気がするんだけれど……それは、あたくしにしてみれば、知ったことじゃない。だから、そういうの、一切、無視して。

所長の返事だって聞いていなかったけれど、所長がうちに来るのは当然だって気分で。

あたくしは、明後日の〝御飯〟に、備えたのだ……。

☆

午後五時。

夕飯の時間だと思うと、ちょっと早めだよね。

でも、料理手順を考えると、この時間設定にするしかなかった。（食材調達の為のスペース・コロニーへの移動手順を考えると、どうやってもこの時間設定しかない。）

所長がうちに来るのは結構久しぶりで、所長は勿論、うちの両親に会ったことだってあるんだけれど、今、あたくしがこれだけお料理に懸けている今、親との儀礼的な挨拶なんかで時間を潰して欲しくなかったから、あたくし、お願いして、親には家をあけてもらった。

(あとから考えると、赤面ものではある。余計な話をして欲しくないから、この日のこの時間、お父さんとお母さんは、絶対に家をあけて。家にいないでください」。

「良行さんがうちに来るから。

いや、あたくしとしては、最高のタイミングで所長に御飯を食べてもらう為には、こう言うしかなかったんだけれど……確かにこれ、あとから考えると、ちょっとなんだかなあっていう台詞ではある。)

所長が……ううん、良行さんが、うちに来る。インターホンを鳴らす。

待ち構えていたあたくし、鳴った瞬間にインターホンをとりあげ、「どうぞはいってください」。

確かにこれは、普通のひとが普通の家を訪問する手順としては、ちょっと何だか妙だったので、良行さんがおどおどしていると、ドアを開けたあたくし。

「さあ、どうぞ、家にはいって。そのまま、ダイニングまで行っちゃってください」

「い……いや……その……お父さんとお母さんは？　まず、その、御挨拶を」

「両親とも留守です。あたくしが追い払いました」

「いや、一応手土産が……っていうか、追い払ったあ？」

「はい、追い払いました。……とにかく、ダイニングテーブルに坐ってください。まず、食前酒です」

「……って、おい、麻ちゃん、こりゃ一体何なんだ。あんた何を……」

「あたくし。良行さんに、御飯を、食べさせたいんです」

「って、麻ちゃんあんたそれ日本語になって……は、いるか。見事にちゃんと日本語にはなっている。けど、意味が、全然、判らん」

この段階で、あたくし、良行さんをとにかくダイニングの席につかせる。そして、同時に、食前酒を出す。

「飲んでください」

「って、おい、麻ちゃんあんた、こりゃ、なんだか俺を毒殺しそうな感じだぞ」

「ここまであからさまな〝毒殺〟があり得ると思いますか？　いや、その前に、良行さんは、あたくしに毒殺されるような覚えがありますの？」

「……い……いや……そう言われると……いささか、〝痛い〟気持ちは……ある、わ、なあ。俺、確かにここの処、ちょっと平常心に欠けている処があったような気がするし、麻ちゃんが俺の態度に怒っていてもしょうがないかも知れないという自覚はある」

「なら、素直に飲んでください」

「……なんか……ますます、毒殺されようとしているような気分がするよなあ……」

こんなことを言いながらも。良行さんはあたくしが用意した、小指くらいのサイズのグラスにはいっている食前酒を飲む。まず、おずおずと、ひとくち。

そんでもって、その瞬間。

声にならない声で、良行さんがこう言ったのが、あたくしには判った。

「え」

ふふん。この辺は〝お料理〟とはちょっと違うんだけれど、良行さんの最近のお酒の好み、あたくしが知らない訳がないでしょう。これは、ジャスト、良行さんの好みど真ん中の筈。それに、食前酒だもの、お酒の味とは別に、ハーブでアクセントつけたっていいよね。それもちろに良行さん好みに。

それから、かなり積極的に良行さんはグラスに口をつけ、その瞬間、あたくし、良行さんの前に、オードブルのお皿を出す。

あたくしがお皿を出した瞬間、良行さんは反射的にオードブルに口をつけ……。

そこから後は、もう、あたくしの、思うがまま。

☆

オードブル。

スープ。

(お魚料理がないので)、もう一回、別種のオードブル。

サラダ。

メイン。

デザート。

あたくしが出したお料理を、良行さんは、がつがつと、食べてくれた。

お腹を空かせて来て欲しいってあらかじめ言ってあったから、勿論、お腹が空いてはいたんだろうと思う。でも、そんなこととは違う〝がつがつさ〟加減で。

「お、おい、麻ちゃん……」

「う……うまっ！　なんだどうしてこんなにうまい」

道中、聞こえてくる台詞は、勿論、あたくしにとってとっても嬉しいもの。

しかも。

こんなことを言っている良行さんは、なんか、もの凄く〝生き生きとしている〟。

あの、〝生きているふりをしている所長〟とは、も、絶対に違う生き物。

太一郎さんの件が起きる前の、あの、良行さん。

しかも、後半から、言葉が殆ど出なくなった。

お皿を出す。

良行さんがのめり込むような感じでそのお皿に載った料理を口にいれる。

お皿を出す。

あっという間に、そのお皿は空になる。

お皿を出す……。

☆

全部終わって、コーヒーを出すと。

良行さんは、一回、ふうって大きな息をついた。そして。

「すまん」

いきなり、テーブルにくっつくくらい、頭を下げたのだ。

「俺……麻ちゃんに……心配をかけていた、ん、だ、なあ。この料理を食べて、よく判ったよ。麻ちゃんが、仕事が終わったあと、いろいろやっていたのは、俺に、これを喰わせる為か？　だとしたら……ほんとに、すまん」

いいえ、あたくしはね、あたくしの労苦に心を配って欲しい訳じゃないのよ。あたくしの、お料理そのものに感動して欲しいのであって……この良行さんの反応は、微妙にずれているような気もしないでもないんだけれど……でも……けど……少なくとも、良行さんは、あたくしの気持ちを判ってくれた。そんなことだけは、判る。

それから。良行さん、ふっと笑って。

「すまん、は、違うか」

うん。違うの。

「どうもありがとう」

はい、それが正解。

「俺は、もう二度と、麻ちゃんに心配をかけない。いろんなことを、ふっきる。そのきっかけをくれて、どうもありがとう」

はい。

「たった今から、元の俺に戻るから」

はい、それがあたくしが知っている、いつもの所長です。所長、お帰りなさい。あたくしの処に帰ってきてくれて、あたくし、嬉しいです。

☆

ただ、たったひとつ。

「俺が麻ちゃんに心配をかけると……麻ちゃんは、こんな料理を作ってくれるのか?」

所長が言った、この台詞だけは、絶対にNGだからね。

いや、いつだって、あたくし、おいしい御飯は作りたい。

けど……こんな御飯、二度と作りたくはないから。

それは勿論、二度と良行さんに、〃まるで生きてはいないような状態〃になって欲しくないっていう意味もあるんだけれど……それと同じくらい。

はい、あたくし、いくら何でも、こんな手間隙がかかる御飯は、もう、二度と、作りたくはないですうっ！

……ほんっとおに、本当に本当に……大変、だったんだよ……。


んで。

そののち。

〃生きて無事な太一郎さん〃が、また、あたくし達の前に帰ってきてくれたんだけれど……これは、また、別の話だ。


〈Fin〉

あとがき

あとがきであります。

★

えっと、今回のあとがきは、いささか長いです。いささか……いえ、かなり、長いです。かなり……んっとあの……おっそろしく長いです。長すぎます。

すみません、そのつもりでお付き合いください。


と、いうのは。

実は今回、『星へ行く船』シリーズ完全版を作るに際して、ちょっと悩んでいたことがあったんです。

『星へ行く船』はいいい、『通りすがりのレイディ』も、『カレンダー・ガール』も大丈夫、でも、『逆恨みのネメシス』と、『そして、星へ行く船』は、どうしようかなーって。

というのは。もともと、コバルト文庫の時から、『逆恨みのネメシス』は、薄めの本だったんです。いや、まあ、これはある意味でどうしようもない。だって、当時の私、あゆみちゃんのとある台詞を書いて、そんでもってそこに、〈つづく〉っていれたかったんだもん。（この本でも、そこで、『逆恨みのネメシス』の本文は、切れてます。）

そのせいで、『逆恨みのネメシス』はちょっと薄い本に、『そして、星へ行く船』はちょっと厚い本になってしまったのでした。この二冊、足して割れば、大体、『星へ行く船』『通りすがりの……』『カレンダー……』と同じくらいの分量になると思うのですが、作者が、どうしても切る位置に拘《こだわ》りたかった為に、ちょっと薄い本とちょっと厚い本になってしまったんです。

ま、でも、ここまでは、いいんです。

両方とも、ちょっと薄い、ちょっと厚い程度でしたからね。もっとずっと薄い本とか、もっとずっと厚い本はある。だから、これは、許容範囲。

ただ、今回。

完全版っていうからには、『α《アルファ》だより』は絶対にいれたい。んで、これをいれるとしたら、『そして、星へ行く船』のうしろしか、ない。（それ以外のどこにいれてもネタバレになります。）

するっていうと、どうなるか。『星へ……』『通りすがりの……』『カレンダー……』『逆恨み……』に、書き下ろし短編をつけるにしても、それにしたって、『αだより』がくっついている『そして……』は、前の四冊に較べて、厚めの本になってしまう。ま、担当編集の池田さんが、「最終巻だけが厚いっていうのは、シリーズものとして、ありでしょう」って言ってくださったので、これはこれでしょうがないかって、一回は私、思ったのです。

でも、そうなると、今度は逆に、『逆恨み……』が気になってしまいます。この本だけ、ちょっと薄めになっちゃうよねえ……。

この段階で私、書き下ろし短編を、所長分、中谷君分、麻子さん分の三本、仕上げておりまして、大体これが似たような枚数だったので、「じゃ、四巻にいれる予定の熊さんの短編を他のよりちょっと長くしよう、それで四巻のバランスをちょっとでもとろう」って思っていたのですが……二巻の校閲やってる時に、はっと気がつきました。

麻子さんの短編、これ、三巻にいれちゃ、まずいのでは？　ここにこの短編がはいると、三巻まで、本文中で〃とある事実〃が発覚していないので、これ、ネタバレになってしまうんじゃないのか？

という訳で、急遽、麻子さんの短編が、この本にはいることになりました。（予定していた熊さんの短編は、ちょっと趣を変えて、他の短編と同じくらいの長さのものを書いて、それを

『カレンダー……』にいれました。）

と、いうことは。

すでに麻子さんの短編は書いてある、つまり……『逆恨みのネメシス』の原稿総枚数はこの段階で決まっている、ということは、どうやっても薄い本になってしまうんです、『逆恨みのネメシス』。

いや、薄いっていっても普通の本のボリュームは充分ありますけれどね（これだけで二百五十ページは超えてます）、もっと薄い本だって世の中には沢山あるし、これで問題がある訳じゃないんだけれど……このシリーズ、五冊並べた時、この本だけが薄いっていうのは、なあ……。（まして、最終巻が厚い。前三冊が三百ページ前後で、最終巻は本文と『αだより』だけで四百ページ超えてる。これで四巻だけが二百五十ページとちょっとっていうのは……バランスってものが、なあ……。）

んなことを考えていた私に、悪魔が囁《ささや》きかけます。

「薄い本にしたくないのなら、あとがきをやたらと長く書けば？」

え。

囁きかけられた私、硬直。

え。いや、だって。

本文が短いからって、あとがきで本全体の長さを調節するって、それは、あり、か？

いや、ないでしょう、そんなあとがきの話、私、聞いたことないです。けど。なんか、この誘惑はとっても強くって……。

しかも。

一巻、二巻、三巻を出していただいている間に、書店さんでイベントを何回かやりました。基本、私がおしゃべりして、そのあとでサイン会をやるっていう奴ですね。そこで、まあ、質疑応答コーナーみたいな処で、次巻はいつ出るのか、誰の短編がくっつくのかって話のついでに、「四巻はちょっと薄めになりそうなんで、もういっそ、あとがき長く書いてみようかなあって思ってます」なんて話を、ほぼ冗談でやってみたところ……お客さまの反応が……すっごく何というのか……。

いや、基本冗談なんですから。

笑っていただければよかったんですけれど。

勿論笑ってくださったお客さまはいました。いましたけど、なんかそれ、多数派じゃなくって……。なんかもう、「うんうん、うんうん、そうしよう、ぜひそれがいい」って感じがひしひしと……。

…………………。

……期待、されているのか、私のあとがき。それも、何か妙な方向で。

んで、その後。

この本のゲラが出た処で、池田さんからメールがきました。

もともと私、「四巻のあとがきは、ちょっと長めに書かせて貰うね、そもそも本文が短いし、五巻にはあんまりあとがき書くスペースがないだろうから、五巻分もまとめて、ちょっと長めにする感じでいってみたいと思います」って言っていましたし、勿論、彼女は問題のあとがき発言があった私のイベントにはいらした訳だし……そんなことを踏まえてか。


『四巻のあとがきの件でご相談です。

(中略。ここで、すっごい長さの〝あとがき〟を提案されてます。三十三ページだって！ 原稿用紙三十三枚じゃなくて、書籍で、三十三ページ！ 以前出した、『グリーン・レクイエム』愛蔵版のあとがきが三十二ページだったことを踏まえて。)

できれば、このあとがきを一ページでも良いから超えたい……！

という妙な対抗意識(?)、記録更新を狙うアスリート魂のようなものを燃やしております。』

………………。

メール読んだ瞬間、ひっくり返りました。

このメール。

突っ込みどころ満載っていうか、あまりにも突っ込みどころが多すぎて、さて、どこから突っ込んでいいんだか判らない。

あのお。

愛蔵版『グリーン・レクイエム』のあとがきは、異常に長いんです。わざとそうしました。というのは、「グリーン・レクイエム」ってお話、そもそも原稿用紙にして百八十枚くらいしか、ないの。これで一冊の本を作るのは、無謀です。というか、薄すぎます。

ただ、この本が出たのには事情がありまして、この時私、『緑幻想』っていう、「グリーン・レクイエム」の続編にあたるお話を本にしていただいたばっかりだったんですね。んでもって、『緑幻想』の前編である「グリーン・レクイエム」は、百八十枚ですから、そもそも単体で本になっていない。他の中編と短編をあわせて本になっていたんです。けど、まあ、続編である『緑幻想』が出たから、これと対になっている装丁で「グリーン・レクイエム」単体で本を作ろうっていうとってもありがたいお話がきまして、それで愛蔵版を作った訳なんですが……さすがに、原稿総枚数百八十枚の本は、ないだろう?

とは思ったものの、そういう経緯で作られた本ですから、他の作品をいれる訳にもいかず、しょうがない、も、やたらとあとがきを書いたんです。本文が書籍段階で百七十六ページしかないんだ、おもいっきりあとがき書いて、あとがきが三十二ページもありますんで、これでやっと、二百ページ超え。

この本のあとがきに対抗するって……正気か、おい？

そもそも、あんまり薄い本を出したくないと思った私が、過去やった窮余の一策、〃とにかくひたすらあとがきを書く〃っていう異常事態に、普通の本が対抗する必要なんて、まったくないじゃない。

それに大体。アスリート魂ってなんなんだ、アスリート魂って。私、体育会系じゃないぞ。まあ、囲碁の棋士のことを、頭脳アスリートって言うんなら、小説だってありか……って、いや、問題になっているのは、小説ですら、ない。あとがきって、付録っていうか……いや、昨今は、付録が目当てで雑誌買うひともいるよな、ということは、余白？ んー、なんか、ページが余っちゃいましたから、白紙の本作る訳にいかないから書いてます、みたいなもんじゃないの？ 本の最後に、広告がはいっているような、あれ？ あんな感じのもんじゃないの？

（本というのは、〃折り〃ってものでできています。製本する為には、八の倍数だか十六の倍数だかのページ数が必要なの。で、本文の長さが中途半端だと、この倍数にあわせる為に、白紙にならないように、うしろに広告がついたりします。）

それに、もっと言うならば。

アスリートって、普通、戦ってない？　普通、戦っているよね、アスリート。んで、私は〝誰〟と〝何〟を戦うの？

まあ、そもそも。

あとがき勝負なんてものが、もし、あるとしたら。（って、それは、一体全体どんな勝負だ。誰と誰が、何をめぐって戦っているのだ。）

多分私は、かなりチャンピオンに近い位置にいるのではないかと自負しております。

〝頻度〟を問題にするのなら。なんたって、私、すべての本にあとがき書いてますし。（判型や出版社が変わる度に、内容が同じ本でも別のあとがき書いてます。）こんな作家、寡聞にして私は他に知りません。（いやまあ、他人様の本はね、判型や出版社が変わっても、最初の本読んでれば、二冊目買ったりはしないから。だから、私が気がついていないだけで、実は、こういうことやっている作家の方、いらっしゃるのかも知れません。でも、すべての本にこれやってる作家って……いるのかなあ、どうだろう……？）

〝長さ〟を問題にするのなら、『グリーン・レクイエム』愛蔵版って実績があります。この段階で、私はすでに、この分野でのタイトルホルダーではないのでしょうか。（……いや……こんなもん〝実績〟に数えたくはないぞ私。それにもし、これより長いあとがきを書いてる方がいらっしゃったらごめんなさい。）

……まあ……〝総量〟を問題にするのなら。私は、お世辞にも多作とは言えない作家ですんで、何百冊も著作がある方が頻繁にあとがき書いていらっしゃれば〝総量〟では負けている可能性は高いのですが……って、だから、私は、そんな勝負したくないんですってばっ！


このメールをいただいたあと。

別の用事で池田さんと打ち合わせをする機会がありました。勿論私はそういう意味の文句を言いました。

そしたら。何かしばらくの間、じっとみつめられてしまい……そして、こう言われたんです。

「こんな機会は、もうないと思うんです」

って、はい？

「これ以上長いあとがきを書くチャンスは、もう、他にないのではないかと」

いや、それはそうでしょう。（というか、あとがきって、もっとずっと短いものです、普通。そもそも今ここで、このあとがきが終わったとしても、他社の編集さんには、きっと、「新井さん、長すぎます」って怒られ、「半分以下にしてください」とか言われる筈です。）

「だから、ぜひ、チャレンジしましょう。今、ここでやらないと、二度とこんな機会はありません！」

いや、それは私もそう思います。確かにそれはそうなんです。ですが……。

そもそも、ここまでして、あとがきの長さに挑戦する意味って、何かあるんでしょうか？

……けど。

とはいえ。

ああ、なんか、池田さん、挫《くじ》けそうな選手をはげます、きらきらとした監督の目になっている……。

やあ、もう、ここまできちゃうと。

すみません、私、腹をくくりました。

と、いう訳で。

今回のあとがき、長いです。

★

先程ちょっと話が出たイベントでのこと。

まあ、五巻に較べて四巻が短くなるよって話をしたので、あわせて五巻には『αだより』がはいりますってお話もしました。そうしたら。

「五巻には書き下ろしはないんですか？」

って御質問をいただきまして。いや、そもそも、五巻には、原稿総量的に言って、普通の長さのあとがきすらつけられないんじゃないかって思ってますから（でもあとがきは絶対に書く）、番外編がはいるゆとりがない。それに、番外編は、あゆみちゃんと太一郎さん以外の水沢事務所のひとを取り上げているものですから、人数的にも四人でちょうどいいって思ってますってお答えした処。

「バタカップは？」

いいいいいいっ。

聞いた瞬間、一瞬私、疑ってしまいました。この質問をした方、ひょっとして池田さんと、裏で連絡をとりあっていないか？（失礼なこと言ってすみません。）

はい、というのは。ちょっと前から池田さんが、五巻にも番外編をいれましょうってずっと言ってくださっていて……いや、でも、五巻は長いから、だからそれを問題にしているのに（それに対抗する為にこんな長いあとがき書いているのに）、編集者が長い五巻を更に長くする提案してどうするんだ、そもそも水沢事務所には他にメンバーいないでしょうって返事をしたところ。

「いえ、バタカップがいます！　バタカップは事務所の半メンバーですっ！」

……いや、そうなんだけれど。

そうなんだけれど。なんか、この発想、編集者のものじゃない。

多分、これって、凄いことです。

このシリーズ刊行に本当にいれこんでくださった池田さん、完全に読者に寄り添うスタンスになっちゃったんだろうなあ。だから、読者の方とおんなじ発想。

こんな編集の方に恵まれて、私はとっても幸せです。

けど、ま、そんな話はおいといて。

基本、番外編は主人公視点でお話作っていて……バタカップ視点のお話って……。まして、バタカップの一人称だったら……。

にゃあ。にゃあにゃあにゃあにゃあにゃご。ふー、みゃあ、にゃあにゃあ……。

って奴を、延々と書くのか？　いや、そりゃ、書く方の私は楽かも知れないが、それ、絶対読んでて面白くないでしょう。その前に、小説になってないし。（それに、落ち着いて考えてみれば、この書き方、絶対私、楽じゃないと思う……。そんな原稿の校閲、絶対私はやりたくないわっ！）

それに、実は私、今回原稿読み直してみて、「あー、バタカップ、賢すぎー」ってずっと思っていたんですね。

というのは。

『星へ行く船』シリーズを書いていた頃と今とでは、私の環境が変わりました。(あ、『……絶句』の新装版を作った時も、これ、思ったな。)

あの頃の私は、猫を飼ったことがなかったんです。そんでもって、「猫ってなんか、優雅だよね、きっと賢いよね、飼い主のことなんか、自分の主人だって絶対に思っていないよね、〝ふふん、わたしの意志であなたのそばにいてあげているのよ、感謝なさい〟くらいのこと、思っていそうだよね」って、イメージを持っていました。

ところが。今の私は、猫を飼ったことがあります。

二十三まで長生きしてくれた、初代のうちのお猫さま、ファージ。今現在うちの中を荒らし回っている、天元《てんげん》とこすみ。あわせて三匹。

飼ってみて、判りました。

確かに猫は、優雅……な、ことも、たまにはあります。(そうじゃない時の方が多いけど。)ふわって、まるで重力を無視しているかのようにジャンプする様なんて、ほんっと、優雅としか言いようがありません。(こんな時だけなんですけれど。)

飼い主のことは、絶対に自分の主人だなんて思っていません。とはいえ、お貴族さまみたいな感じで、〝ふふん、わたしの意志であなたのそばにいてあげているのよ、感謝なさい〟とも、きっと思っていないと思う。というか……私と旦那のことは、ひょっとすると、自分が遊びたい時にだけ遊ぶ機能がついている、自動エサ出し機だって思っているんじゃないでしょうか……。

そんでもって、絶対に、絶対に、(これは大きな字にしたい気持ち)、賢くないです。莫迦です。

あゆみちゃんがバタカップの首にティディアの粉をくくりつけて、「一生に一回でいいから伝書猫やって」、そんなこと言って外に出したら。その瞬間、もし蝶でもひらひら、その辺飛んでいたら。そのまま、バタカップ、だーっと駆けだしていって、「バタカップ！　ちょっとバタカップ！」ってあゆみちゃんがどんなに叫んでも、自分が満足するまで帰ってこない。下手するとそのまま迷子になってしまうでしょう。んでもって、あゆみちゃんがバタカップ発見するのが、とっても大変だったりするんだ。(そんで、その間にレイディは殺されちゃったりするんだよね……。ああ。なんて悲惨な結末なんだ。けど、こうなるよな。)

あゆみちゃんが殺し屋さんに襲われていても、勿論加勢なんてしてくれない。下手すると倒れてしまったあゆみちゃんの体を、前足でちょい、ちょい、なんてつついて、余計あゆみちゃんを困らせる。

いや、そんなことやってんならまだいいや、場合によっては、自分まで転がってしまって、ふにー、なんて言いながら、一緒にごろごろ遊んでしまう。あのね！　今あゆみちゃん、襲われているんだからね！　一緒にごろごろ転がっている場合じゃないんだって……絶対に、通じないよな、バタカップに。

……ああ。実猫を知ってしまうと、こういうシーンがいくらでも思い浮かんでしまう。

いや、だって。猫って。

莫迦です。絶対に、莫迦です。

かといって。

莫迦なだけかって言えば、それがそうじゃないからめんどくさい。

人間が、〞こうあって欲しい〟って思う方向では、確実に莫迦なんですが、それ以外の方向では、異様に賢いこともあります。

うん。うちのこすみは、只今我が家のすべてのドアを開けることができます。ま、うちのドアノブがね、摑んでまわす奴じゃなくて、バーみたいになってて、押して開ける奴だっていう問題はあるのですが、バーに乗っかって、体重移動して、内開きでも外開きでも見事に開けます。まあ、ドアが開いてもそう問題はないのですが、キャットフードをおいてある部屋に、猫が勝手にはいることができるとなると、これは大問題です。だって、勝手に食べちゃうんだもん、キャットフード。

観音開きの扉も開けます。うち、食器棚がこれなんで、往生してます。いや、食器棚を猫が開けたって、そりゃ、たいした問題じゃないんですけどね、前足、食器棚の中につっこんで、ちゃいちゃいってやって、中の食器を掻きだして床に落として割るのが、どうやらすっごい楽しいらしいっていうのが、大問題。

先日、引き出す形の棚を開けることも学習しました。ま、食器棚の引き出しなんかはね、重いですから猫の腕力では開かないんですが、調味料や粉関係いれている台所の引き出し収納は、車輪がついていて軽いので、猫の腕力でも開けられます。いや、開けたっていいんだけれど、そこにはいっている小麦粉や片栗粉の袋をとりだし、その袋でもって、家中使って天元と二匹でサッカーして遊ぶのが大問題。家中、粉まみれになります。(その前に、小麦粉とか片栗粉が勿体ないわっ！　だってこいつら、サッカーやりながら、絶対に小麦粉や片栗粉の袋、噛むもん。すると、穴があくんだもん。まあ、だから、家中が粉まみれになってしまうんですけれどね。そして、穴があいた袋でサッカー続けていると、そこから袋が破れて……ずたずたになった、猫の噛み穴があいている、そんな状態で床を引きずり回された小麦粉の袋は……破棄するしか、ありません。)

今、我が家では、鍵がある私の部屋、旦那の部屋、寝室に、鍵をかけ、そこに猫が触れて欲しくないものを隔離しています。観音開きの食器棚には、輪ゴムをかけて絶対に開かないようにして、台所の引き出し収納はもうしょうがないので、猫が触れて欲しくないものは、電子レンジにいれてます。(上から下へおろす形で開く電子レンジの扉は、さすがに、まだ、猫、開けるすべを発見してません。ただし、猫に触られたくない食品全般が何故か電子レンジにはいっているっていう状況なので……電子レンジ、使用不可です。これは、日常生活レベルにおいて、ひっじょおに、嫌です。めんどくさいです。どうしても電子レンジ使いたければ、一回中身を全部どっかにあけてからって話になりますから。かといって、台所で使う食品関係のものを、鍵がかかる私の部屋や寝室に隔離するっていうのは、別の意味で、うっとうしくってしょうがないので、これまた不可です。)

あと。我が家では、旦那と私の共通の趣味が囲碁なんですが……こすみの、この、囲碁に対する反応が凄い。

こすみの尻尾って、くいって真ん中から曲がっているのですが……私と旦那が碁盤を囲んでいると……こすみ、この尻尾でもって。

ついって、碁盤の上を、撫ぜるのですねー。

真ん中から曲がっている尻尾でこれやられると、はい、これは、箒で碁盤の上を掃かれているのとほぼ同じ状況になります。当然、その時、碁盤の上にあった石の並びは、ぐっちゃぐちゃになります。というか、殆どの石が、床に落ちます。囲碁、続行、不可能です。

こすみは、私と旦那が二人揃って碁盤を囲んでいる時だけ、これをやりますから、(碁盤の上に碁石が並んでいても、私と旦那が碁盤の前にいない限り、絶対にこれをやらない。旦那が一人で棋譜を並べて囲碁の勉強をしている時は、やらないのよこれ)、これはもう、あきらかに意図的であって、その意図を考えると、この子、絶対に賢い……。

(あ。天元は、こういう〝悪さ〟をしない猫です。ただ、こすみのあとをついて回って、こすみの〝悪さ〟にあらかた加担する猫だとも言える訳でして……。)

先代のお猫さま、ファージは、厭味において天才的に賢かったです。

ファーがうちに来て半年後、我が家は引っ越しをしたんです。(……けど……人間の立場から言えばね、これは、ファーの為の引っ越しだったんだよっ。ペット飼育禁止の貸家に住んでいた私達夫婦、ファーがうちに来たので、猫飼育ＯＫのマンションに引っ越すことになっちゃったんだから。)

んで、引っ越しは結構忙しく、私も旦那もまだうちに来たばっかりの仔猫だったファーをあんまり構ってあげることができなくて……。

引っ越しして半年くらいして。旦那の父親が、仕事で上京して、うちに泊まるってことがありました。

そんでまあ、私、はりきって、家中掃除して、あ、そうそう、引っ越した時に、私の実家から客用布団を貰っていたんだ、お義父さんに初めての客用布団を使って貰おう! ま、今まで一回も使ったことはないとはいえ、一応、お義父さん来る前に、お布団、干しとこうかなって思って……お布団干して……これがもう、大正解。

何故って。

初めて使う客用布団を、押し入れから出した時……同時に、ころって、転がりでてきたものが、あったんですね。

……え？

お布団から、ころって、転がりでるもの？

……普通、ないよね、そんなもの。

何でお布団から転がりでるものが……って……これ……黒くて……ころっと丸い……あの、これ、猫の、糞？

引っ越してから二週間くらい。

新築のマンションでしたので、私、換気の意味もあって、押し入れのふすま、開けっぱなしにしていたんです。そこに、客用のお布団をいれて。

多分、引っ越しが始まって、いきなり私も旦那も、ファーを構わなくなったので、それで怒ったファーが……ふすまが開いている押し入れの中に……んこ、を、したんだろう、なあ。

それも。

客用布団の上に、そんなものがなかったのは確かですから……折り畳んだ客用布団の内側にはいって、んこ。

猫の排泄行動について、私もそんなに詳しい訳ではないんですが……えーっと、普通の猫って、普通、こういうこと、できるの？　猫って、普通にいきんで排泄して、そんでもってそのあとで砂かけるよね？　それを、わざわざ布団の中にもぐりこんで、その中で排泄して、客用布団はまったく普通に見えたんだから、砂かけ行動もせずに、そのまま布団の中から出てきたの？

……ある意味、凄いわ、ファー。ほんっと、どうやったんだ？


あ、あと。もうひとつ忘れられないのが、用事があって、急遽《きゅうきょ》一泊で私と旦那が大阪に行かなきゃいけなくなった時のこと。前もって判っていたのなら、ファーをペットホテルに預けたんですが、これはほんとに急なことでしたので。

ファーには、「一泊で帰ってくるから。その間、ファーがいつも出入りしている窓は、あんたの出入りができるスペースはあるけど、一応格子はいってるし、だから、これ、開けておくから。御飯と水は多めに出しておくから。ごめん」って、言ってはおいたんですが、多分、ファーは、これを理解してはいなかった。

そんで、帰ってきた私と旦那が見たのは。

ダイニング・テーブルの下に、なんか、鶏肉のようなものが、あったんですね。

あれ？　あんなもん、でかける時にあったっけ？　ファーがどっかから持ってきたのかな？　なんて思って、屈《かが》んでダイニング・テーブルの下に潜ったら。

そこにあったのは、たててある雀《すずめ》の生首でしたっ！

いや、ファーが時々、雀をとっていたのは知っている。この子は天性のハンターでして、飼い猫の癖に、鼠や雀をよく捕ってきてはいたんです。

けど、この状況で、まさに〝立っている〟雀の生首。首部分が床に接地していて、きちんと立っている。ダイニング・テーブルの下に潜った私と、もろに目と目があってしまう。そんな感じに、見事ディスプレイされている、生首。おお、まるで〝見立て殺人〟のようだ。

んでもって、その首以外、なんもなし。雀の胴体なんかは、どこにもありませんでした。

いやもう、これは、〝嫌がらせ〟以外の何物でもないよなあ……。


これ演出したファージは、〝賢い〟としか、言いようがないと思います。


うん。

猫はね。

ほんっとおに、莫迦なんだけど、人間がこうあって欲しいって思う状況では、ほんっとおに、莫迦なんだけれど、人間が〝こうあって欲しい〟って思わない状況では……人間が、〝こうあって欲しくない〃って思っている状況では……ほんっと、賢い、ん、だよね。

★

と、まあ、こんなことを思っていた私でしたので。

バタカップの短編……なんか、書ける気がしなくて。

あいつら（って、猫全般のことなんですが）、莫迦なんだか賢いんだか、はっきりしてくれよーって気持ちになってて。

まあ、でも。

いろいろつらつら考えているうちに、これまた覚悟が決まりました。

五巻には、ボーナストラックとして、バタカップの短編、書かせていただきます。（まあ、とにかく五巻は長いからね、できるだけ短い方向で。）

あと。

こんなことをされているのに……未だに、〃猫って可愛いよな〃って思ってしまう私と旦那は……うーん、全体的に、〃いかがなもの〃なの?

一番問題なのは、この私と旦那の、猫に対する姿勢なのかも知れません。

　ここでまた話は飛ぶんですが。

　先月、私、前歯を抜きました。

　いや、そのちょっと前からね、何かを噛み切ろうとすると、じんわりと、痛かったの、前歯。ガーリックトーストになっているバゲットを噛み切った時なんか、バゲットに赤いものがついていて、ちょっと驚いたこともありました。（縦半分に割ったバゲットに、バターが塗ってあって、パセリや何やのパウダーがついており、ガーリックが塗りこんである奴だったんですね。だから、黄色や緑色はあったんですけれど……あれ、赤いものって、何かあったかな、唐がらしがはいっている訳ないし、赤い調味料って……って、ちょっと考え込んじゃって……。いや、考えるまでもない、これ、私の〝血〟だったんです。）

　その後。歯を磨いている時、観察すると……どうも、その前歯と歯茎の間から、じんわり、血がにじみ出していることもある。

　ああ。昔のCMであったよなあ。

「リンゴを齧《かじ》ると、歯茎から血が出ませんか?」って奴。

　私、歯槽膿漏《しそうのうろう》になっているのかなあ。うげえ、そういうことにならないように、歯にはうんと気を遣っていた筈なのに。

んで、慌てて歯医者さんに飛んでいった処、幸いなことに、歯槽膿漏では、ありませんでした。

「○○さん（私の本名）、これ、歯槽膿漏じゃないです」

「んじゃ、なんで出血が……？」

「あの……○○さん、あなた、自分の前歯、自分で噛み割ってしまっています」

……って？　あの？　へ？

「これ、前歯にとってても負荷がかかっちゃったんだなあ、あなたの前歯、ずっと前に酷《ひど》い虫歯になって、神経抜いて、神経抜いたけど生きている歯の根の上に台を作って、その上にセラミックの義歯を被せている状態になっていたでしょ？　その、一番奥の処の、まだ生きている歯の根部分を、自分で噛み割っちゃったんですよ。……間違いなく中で歯の根が割れています。神経抜いていたから、痛くなかっただけです。それで、出血してます。ここの処、歯茎の上の方、なんかちょっとぷくってしてるでしょ？　これ、ここに膿が溜まっているのね」

「……って……って……先生、じゃ、あの……」

「もう、これは、この歯、抜くしかないなあ」

うわあああっ。

私は、歯を抜くのがとっても嫌いです。（いや、好きな人はおそらくいないんじゃないかとは思いますが。)

というのは。私の歯って、本当に酷くて。

普通、歯って、三本くらい根があると思うのですが、それは、大体、すらっとした円筒形である筈なんですが……どういう訳か、私の歯は、まるで蕪《かぶ》みたいに、真ん中がぷっくりと膨らんでいる形をしているんです。

と、いうことは、どうなるのか。

以前、奥歯を抜こうとした時の話なのですが。

歯を抜こうとした場合、蕪のような根を持つ歯は、素直に抜けてくれません。あっちを削り、こっちを削り、そうこうしているうちに、顎の骨の中で私の歯が砕け、それでやっと、抜けるんです。(奥歯を抜いた時の一番酷いエピソード。私、奥歯一本抜く為に、六回抜歯されましたから。というのは……。どうやっても、この歯、抜こうにも抜けず、削っているうちに歯が割れ、また抜こうとした処で歯が割れ、また削り、また歯が割れ……って事態に陥ってしまいまして。結果、「はい、半分、抜けました、あ、また歯が割れた、三分の二、抜けました、うお、また割れた、四分の三、抜け……うわあ、また割れた、只今五分の三、抜けてます」ってな具合で……結果、六回、抜歯。あ。一応、この歯医者さんの名誉の為に言っておきますが、これは、あくまで、私の歯のせいです。うちの旦那も同じ歯医者さんで抜歯したのですが、まっとうな歯の持ち主である旦那、ほんの数秒で歯が抜けましたから。)

とはいえ。まあなあ。さすがに、奥歯と違って、前歯は、根は綺麗な円筒形になってくれている筈って……私も、先生も、無意識のうちに思っていたのですが、どうやらそうではなかったらしく。

またまた。

「うわあ、何故だ？　何故ひっかかる？　何故出てこないっ！」

てんで、削りますと、今度は。

「割れたっ」

って、前歯ですんで。前顎の中で、自分の歯が砕けているのが判るんですよ。

ああ、すっごい嫌な抜歯だった。

しかもそれだけじゃなく。

この日私は、「まだ出血する可能性がありますんで、二十分くらい、このガーゼを銜《くわ》えていてね」って処置をされて歯医者さんを出たんですが……そのあと、買い物して——ここで二十分たったのでガーゼをとりはずした——、その後、獣医さんの処にうちの猫の御飯を取りに行ったのですが。（うちの猫は、只今、ダイエットの関係で獣医さんとりよせの御飯を食べてます。）

いや、これはもう、私が悪い。

ガーゼが口の中からなくなったあと、抜歯した後の、今、仮歯がついている前歯が、なんかとっても気になってしまい、私、無意識のうちに、舌で微妙にその仮歯を触ってしまいました。何度も何度も触ってしまいました。んで、触っているうちに、なんか、感触が、どんどんぬるぬるしてきて……。

獣医さんの処に行った時には。

なんか、口の中が、ぬるぬるしてたまらなくなったんです。ぬるぬる……ああ、とっても飲み込みたくない味が、口の中にある。しかも、それが、なんか、ぬるぬる。その上このぬるぬるは、どんどん、増えてる感じ。

んで、獣医さんで処方されている猫御飯が出てくるのを待っている間、ハンカチで舌を拭いてみたら。うわあっ、まっ赤だっ！　どんどん拭いてみる、どんどんまっ赤になる、私のハンカチ。あっという間に、ハンカチには、赤くない部分がなくなってしまいましたっ。

出血しているな。それも自分のせいだな。せっかく塞がっていた抜歯の後の傷口を、仮歯を嘗《な》めているつもりで自分で嘗めちゃって、うーん、せっかく私の血小板が何とか塞いでくれた処、唾液でもって溶かしちゃったんだ。

と、まあ、それは判ったんですが、えーと、この場合、どうしよう。

そこでしょうがないから、なじみでもありましたので、獣医さんにお願い。

「すみません、ガーゼ、お分けいただけないでしょうか？」

獣医さんですから、ガーゼがある筈です。んでもって、ガーゼを貰って、それ噛んで、それで家まで帰ろうかなって。

んで、ここでひとつ、問題が。

獣医さんと歯医者さんでは、使っているガーゼのサイズがまったく違うんです。早い話、獣医さんの方が、ずっと大きい。

そんでもまあ、獣医さんにガーゼをいただいて、それを噛みしめて家に帰ろうとした私に、何故か獣医さん、ストップをかけて。わざわざ奥からとりだしてきて、私にマスクを渡してくださいます。

「……んえ？　なんで？」

私、マスクなんか使う必要まったくなかったんですが……なんか、出血してるみたいだから、ガーゼを噛んで家に帰ろうと思っただけなんですが……そんな私に、何で、マスクを？

家に帰ってみて、鏡を見て、納得。

何たって、獣医さんのガーゼは大きすぎる。私の口から、半分以上、ガーゼがはみだしていたんですね。んでもって、そのガーゼは、すでに血塗《まみ》れ。

ああ。

夜の練馬の住宅街で、何故かガーゼを半分くらい口から垂らしている、その上、そのガーゼが血塗れの女が歩いていたら……そ、そ、それは。

こりゃ怪談になっちゃうよなあ。

口裂け女じゃないですけど（って、これ、すでに古いか？　判らないひと、結構いる？・）、夜、住宅街で、口から半分血塗れのガーゼを垂らした女が歩いていたら……こんな女にいきなり会ったとしたら……確かにこれは、怪談のネタだ。

マスクで、血塗れのガーゼを隠せるように采配してくれた獣医さん、ありがとうございましたっていう話でした。

んで、何で今こんな話を書いたのかと言えば。

そういや、私が歯を喰いしばる傾向があるって、最初に自覚したのは、『通りすがりのレイディ』を書いていた時だったなって、思い出したからです。うん、登場人物が活劇やってたりする時は勿論、登場人物が悩みだすと、間違いなく書いている私、いつの間にか歯を喰いしばってる。

私の前歯の下の方、上の方の歯とこすりあわさる部分の色は、ちょっと、変です。何か、色がついている感じなの。え、何で？　私、ちゃんと毎日歯を磨いているのに。

これ、何かと思って、歯医者さんに聞いてみたら……私がとても歯を喰いしばるせいで、エナメル質が全部擦り切れちゃったんだそうなんです。神経が、剝き出しに近い形になっているみたいで……。（だから時々、歯がしみる感じがするんだわ。）

あの時以降。

どんなに仕事が押し詰まっても、歯だけは喰いしばらないように注意をしていた筈なんですが……どうも、この注意、無理みたい。

というか。

歯医者さんによれば、これ、無理、だ、そうです。私がどうのこうのじゃなくて、注意していても、普通では、無理。

最近、無意識に歯を嚙みしめてしまうひとが、結構こういう問題を起こすらしいんです。別に私が特別に歯を喰いしばっているって訳じゃなくて、こういうひとが増加しているらしいいんです。なんか、症候群として、あるらしい。

と、いう訳で。

みなさま、注意しましょう。

あんまり、歯、喰いしばらないようにね。

うん、だって、自分で自分の前歯を嚙み割るだなんて、ほんっと、最悪だもん。

(でも、歯医者さんによれば、そんな注意でこの事態が避けられるのならそんなにありがたい話はないってもの、らしいんですよ。注意していても無意識のうちに嚙みしめてしまう、問題は、そこに、あるんだそうで。)

ところで、来年、私、作家生活四十周年になるんだそうです。すっごい他人事《ひとごと》のように言ってますが、実際、他人事です。実感、まるで、なし。だってまあ、私、デビュー以来、ずっとおんなじこと、やってただけだもんなあ。

とは言うものの。

☆

感覚じゃなくて、頭で考えてみると。

うおお、作家生活四十周年！

頭で考えると、これ、ちょっと凄いです。こんなに長く、この仕事やってたってことが、なんか、凄いです。

ま、デビュー当時は十七でしたから、そもそも自分が五十歳を超えるだなんてこと、想定していませんでしたし……また、私の文章ってちょっと変でしたので、あの頃は、本当、色々言われたもん。

もって三年だとか、あんなのは〝小説〟ではない、とか。色々。

ま、でも。

ある意味、これはどうでもよくって。

だって。
だって、今でも、私は、お話を書いております。
これがすべて。
うん。
私はお話を書きたいんだから、お話が書ければ、あとはまあ、どうでもいいかな？
と、いう訳で。
この後は、作家生活五十周年を目指したいと思っております。

★

お。
ここで普段だったら感謝の言葉を書くんだけれど。
さすがにこのあとがきは長すぎるか。
ただ。たった、ひとつ。ひとつ、だけ。これだけは、絶対に、言わない訳にいかない。

あなたに。

読んでくださって、どうもありがとうございました。
こんな私が、来年で四十年、お話を書くということをお仕事にしてこられたのは、読んでくださっている、あなたのおかげです。

どうもありがとうございました。

そして。

これからも、何卒よろしくお願い致します。

2016年　12月

新井素子

新井素子 ★ あらい・もとこ

1960年東京都生まれ。立教大学ドイツ文学科卒業。

77年、高校在学中に「あたしの中の……」が
第1回奇想天外SF新人賞佳作に入選し、デビュー。

少女作家として注目を集める。「あたし」という女性一人称を用い、
口語体で語る独特の文体で、以後多くのSFの傑作を世に送り出している。

81年「グリーン・レクイエム」で第12回星雲賞、82年「ネプチューン」で第13回星雲賞受賞。

99年『チグリスとユーフラテス』で第20回日本SF大賞をそれぞれ受賞。

『未来へ……』(角川春樹事務所)、『もいちどあなたにあいたいな』(新潮文庫)、

『イン・ザ・ヘブン』(新潮文庫)、『ダイエット物語……ただし猫』(中央公論新社)など、著書多数。

初出 ★ 本書は『逆恨みのネメシス』(1986年 集英社文庫 コバルト・シリーズ)を加筆修正し、書き下ろしを加えたものです。

星へ行く船シリーズ★4
逆恨みのネメシス

二〇一七年一月二七日　第一刷発行

著者　新井素子
発行者　松岡綾
発行所　株式会社 出版芸術社
〒一〇二―〇〇七三
東京都千代田区九段北一―一五―一五 瑞鳥ビル
TEL　〇三―三二六三―〇〇一七
FAX　〇三―三二六三―〇〇一八
URL　http://www.spng.jp/

印刷・製本　中央精版印刷株式会社

ISBN 978-4-88293-494-3 C0093